행운이 너에게 다가오는 중

행운이 너에게 다가오는 중

이꽃님 장편소설

문학동네

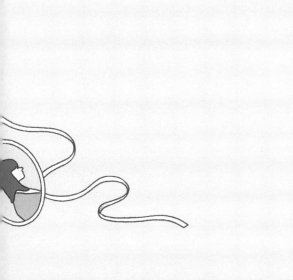

차례

1

"에휴. 꼭 거기까지 가야 돼?"

신난 형수와 달리, 우영은 반쯤 지친 표정으로 한숨을 내쉰다. 우영의 힘없는 질문에 형수는 뭘 새삼스러운 걸 묻고 있냐는 듯 답한다.

"당연하지. 거기 라면이 진짜 개맛있대."

지금 두 녀석은 주변에 널리고 널린 PC방을 두고 굳이 15분을 걸어 오래되고 후진 PC방을 찾아가는 중이다. 형수는 라면이 맛있다는 이유로 우영을 끌고 가는 중이지만 당연히 그게 진실일 리는 없다.

난 이 두 녀석을 보기만 해도 웃음이 난다. 아주 웃기는 놈들이다. 내가 아는 인간들 중에서도 최고다.

덕분에 녀석들을 종일 지켜보면 심심하진 않다. 두 녀석이 어쩌다 후진 PC방을 찾아 나섰냐고 묻는다면 이유는 단순하다.

학교 근처에 있는 괜찮은 PC방에는 늘 잘나가는 애들이 깔려 있고, 그런 애들은 꼭 돈이 모자란다며 오백 원만, 천 원만 빌려 달라고 하고는 제대로 갚지 않았기 때문이다. 형수는 계속 이러다간 호구로 소문나는 건 일도 아니다 싶은데, 우영은 별로 심각하게 생각하지 않는 눈치다.

형수가 "쟤네들은 왜 맨날 우리한테 돈 빌려 달라고 그러냐?" 하고 궁시렁댈 때마다 "그래도 빌려주면 갚긴 갚잖아."라고 말하는 거 보면 말이다. 형수는 갚긴 개뿔 갚냐고, 세 번 빌려주면 한 번 갚는 것도 갚는 거냐고, 이거 삥 뜯기는 거나 다름없는 거 아니냐고 하고 싶지만 괜히 말을 잘못했다간 우영이 지레 겁을 먹고 다시는 PC방에 가지 않겠다고 할 게 뻔했다. 그래서 라면을 핑계로 애써 찾아낸 곳이, 잘나가는 애들은 발도 딛지 않을 오래된 아파트 상가에 있는 PC방이었던 거다.

"어, 쟤 다크나이트 맞지?"

우영이 형수의 어깨를 툭툭 치며 고갯짓을 한다.

녀석들이 다크나이트라 부르는 아이는 반에서 가장 조용한 아이, 은재다. 녀석들이 은재를 바라보고, 나 역시 은재를 바라본다. 은재는 꼭 기어 다니는 개미를 관찰하는 사람처럼 고개를 푹 숙인 채로 느릿느릿하게 걷고 있다.

"쟤 왜 저래. 어디 아픈가?"

우영이 걱정스러운 말투로 묻는다. 형수의 눈에도 은재의 행동이 썩 자연스러워 보이지 않는다. 은재가 아무도 없는 놀이터를 빙빙 도는 모습이 꼭 길을 잃은 아이처럼 보여서다.

"알 게 뭐야."

"그래도 어디 아픈 거면 어떡해?"

아유, 쓸데없는 오지랖. 다크나이트가 아프면 뭐? 가서 부축이라도 해 줄 거냐? 하고 퉁명스럽게 말하려던 형수는 이내 생각을 바꾸고 우영의 어깨에 손을 올린다.

"너 다크나이트가 얼마나 개싸가지인지 알지?"

형수가 얼굴을 찌푸리며 우영에게 묻는다.

"알지. 저번에 어떤 애가 지우개 한번 가져다 썼다

고 막 소리 지르고 난리 쳤잖아."

"너 다크나이트 웃는 거 본 적 있어?"

"아니. 걔 화난 얼굴 박제됐다던데."

"그러니까."

"뭐가?"

"김은재가 뭘 하든 신경 쓸 필요 없다는 거지. 괜히 가서 말이라도 시켜 봐. 욕이나 안 하면 다행이지."

형수의 말에 우영이 풀리지 않는 문제의 해답을 본 것처럼 고개를 끄덕이지만 썩 만족스러운 끄덕임은 아니다. 꼭 아무리 보고 또 봐도 이해가 되지 않는 해답지를 본 것처럼 말이다.

"야 됐어, 빨리 PC방이나 가자. 너 학원 늦으면 죽는다며."

형수가 우영의 팔을 이끌며 서둘러 발걸음을 옮긴다. 녀석들은 은재에 대한 생각을 비우고 머릿속에 게임을 가득 집어넣는다. 녀석들의 머릿속은 온종일 게임으로 가득 차 있다.

그렇게 하루 종일 생각하니 꿈이 프로게이머라든가, 친구들 사이에서 게임으로 제법 유명하다든가 그러면 참 좋으련만, 안타깝게도 둘은 그런 것들과 거리가 멀다. 솔직히 말하자면 게임도 더럽게 못하는 편이다. 하긴 뭐, 둘이 게임만 못하는 것도 아니고.

형수는 아무리 생각해도 자신이 공부로 성공하긴 글러 먹은 것 같다. 그렇다고 잘하는 게 있지도 않고 꿈이 있지도 않다. 굳이 꿈을 말하라면 놀고먹는 부자가 되고 싶은데, 이렇게 말하면 엄마 아빠의 등짝 스매싱이 날아왔기 때문에 되도록 비밀로 하고 있다. 이 점에서는 우영도 형수와 비슷하다.

한때는 둘이서 유튜버가 되는 걸 꿈꾸기도 했었다. 유튜버로 성공하면 한 달에 일억도 번다는데, 돈을 많이 벌면 누구도 공부 못한다고 무시하지 않을 거고, 대학을 가니 마니 잔소리도 안 할 것이고, 무엇보다 꿈인 놀고먹는 부자가 될 수도 있을 것만 같았다. 문제는 무엇을 해서 유튜버로 성공을 하느냐, 이건데 어지간한 콘텐츠는 이미 다 나와 있는 것 같았다. 유튜버를 하려고 해도 재능이 필요했던 것이다. 음식을 아주 많이 맛있게 잘 먹거나, 게임을 잘하거나, 그것도 아님 잘생긴 얼굴이 필요했다. 재능이라고는 쥐뿔도 없는 둘로서는 상당히 난처한 상황이었다.

"야, 진짜 냉정하게 생각해 보자. 우리가 잘하는

게 뭘까."

형수는 주특기인 자기객관화를 더 냉정하게 해 보
자고 제안했다. 우영은 자신이 잘하는 게 뭔지 곰곰
이 생각해 봤다. 아무리 생각해도 잘하는 건 없는 것
같았는데, 굳이 한 가지 뽑으라면 있긴 있었다.

"나는 분노 유발을 좀 하는 것 같아. 우리 엄마가
나 보면 맨날 속이 터진대."

우영의 엄마에 대해서라면 나도 아주 잘 알고 있다.
내가 이 녀석들을 만나게 된 것도 다 우영의 엄마 덕
분이라고 할 수 있다. 도대체 우영의 엄마가 어쨌길래,
궁금하겠지만 지금은 설명할 때가 아니다.

아, 내 소개가 늦었다.

어떤 이들은 나를 타이밍이나 운이라 부르기도 하
고 행운의 여신이나 운명의 장난이라 부르기도 한다.
글쎄, 어떻게 부르든 상관없다. 내 이름이 뭔지는 중
요하지 않으니까. 중요한 건, 내가 '인생'이라는 판을
짜 놓은 작자를 몹시 싫어한다는 거고, 그래서 인생
에 참견하길 좋아한다는 거다. 그게 좋은 쪽이든 나
쁜 쪽이든.

오해는 하지 말았으면 좋겠다. 분명하게 말해 두는데 나는 인간의 삶을 불행하게 만드는 존재가 아니다. 나는 그저 존재하고 있다가 아주 가끔, 그 작자가 세워 놓은 계획을 망가트릴 뿐이다. 인생은 당신이 생각하는 것처럼 그리 아름답지만은 않다. 때로는 역겹고 구역질 나기도 한다. 난 그것을 지켜보다가 생각도 하지 못한 행운으로, 간절한 순간의 타이밍으로 당신을 돕고 있다.

내 이야기를 조금 더 해야겠다. 사실 나는 자신에게 일어난 불행을 내 탓으로 돌리는 파렴치한 인간들을 싫어한다. 그런 인간들은 인생이 대단한 거나 되는 줄 알고 뭔가 조금만 틀어져도 운명이 장난을 쳤다는 둥 어쨌다는 둥 원망만 늘어놓는다. 분수에 넘치는 걸 들고 있으면서도 당최 고마워할 줄 모르는 인간들이 대부분 그렇다. 그런 인간들은 자신에게 주어진 것들을 당연한 거라고 생각한다. 도무지 염치라고는 개똥만큼도 없는 인간들이다.

내가 관심 있게 지켜보는 이들은 이런 사람들이다. 인생이 마구 장난을 쳐 대는데도 견디는 방법밖에 모르는 사람들. 인생에게 걷어차여 정신을 못 차리면서도 절대 물러서지 않는 사람들. 어떻게 해서든 인생의 구렁텅이에서 벗어나게 만들고 싶은 사람들.

이들이야말로 내가 존재하는 이유다.

그런 의미에서 형수와 우영, 이 둘은 내 마음에 쏙 드는 녀석들이다. 인생이 별 볼 일 없다는 걸 벌써 알아차린 기가 막힌 녀석들이기 때문이다.

2

"컴퓨터가 좀 느려 터지긴 해도 라면은 개맛있었
지?"

"난 잘 모르겠던데."

"왜, 난 존맛이던데."

형수는 일부러 한 번 더 강조했지만 사실, 굳이 돈
을 내고 가야 하나 싶을 정도로 후진 PC방이었다. 잘
나가는 애들만 없는 게 아니라 동네 초등학생 몇몇을
빼고는 사람을 구경도 하기 힘든 곳이라고나 할까. 솔
직히 라면도 편의점에서 먹는 컵라면이 훨씬 맛있었
지만, 뭐.

"진짜 맛있었어?"

우영이 미심쩍어하며 묻는다.

"야, 학교 앞보다 여기가 훨씬 나아."

"어떤 점이?"

"사람도 없고, 조용하고, 또 뭐냐……."

형수는 머리를 쥐어짜면서 이 오래된 상가에 있는 PC방의 장점을 생각해 보려 하지만 더는 장점이라고 부를 만한 게 없다. 에이 씨, 뭐라고 그러지?

그때 우영이 아파트 단지 쪽을 가리키며 멈춰 선다.

"어!"

우영의 손가락 끝에 은재가 있다.

웃는 걸 단 한 번도 본 적 없고, 누가 말 거는 것도 싫어하는 천하의 싸가지. 자발적 왕따. 그래서 다크나이트로 불리는 최고의 아웃사이더.

녀석들의 시선이 은재에게 닿자 나도 모르게 입에서 작은 한숨이 새어 나온다. 나는 녀석들을 지켜보는 걸 즐기는 편이다. 하지만 은재와 관련된 일이라면 애기가 달라진다. 은재를 보면 절대 웃을 수가 없다.

은재가 얼마나 헤매고 다녔는지 녀석들은 상상도 하지 못할 거다. 녀석들이 PC방을 찾아 나섰을 때부터 지금까지 한참을 돌아다닌 은재는 이제야 아파트 안으로 들어선다. ㄱ자 형의 아파트는 한 층에만 열 개의 집이 주르륵 이어져 있는 오래된 복도식이다. 형수는 은재가 들어간 아파트를 올려다보며 말한다.

"여기가 쟤네 집인가 보네."

"아까도 여기 돌아다니고 있지 않았어?"

우영의 말에는 집이 이렇게 코앞에 있는데 왜 들어 가지 않았냐는 의문이 담겨 있지만, 형수도 그 이유 를 알 수 없다.

"그러게. 왜 저런대?"

은재가 2층 복도에서 수상한 행동을 하고 있다. 은 재는 집으로 들어가는 대신 복도 여기저기를 살펴본 다. 꼭 다른 사람들의 눈에 띄지 않기 위해 눈치를 보 는 것처럼.

"쟤네 집 아닌가 본데?"

이상함을 느낀 형수가 미간을 찌푸리며 말한다. 이 제 여기까지 왔으니 이 두 녀석이 은재에 대해 알게 되는 것도 시간문제다. 나는 점점 더 초조해진다.

"어, 어! 저러면 안 되는데."

그때다. 능숙하게 방범창을 떼어 내는 은재의 모습 에 우영은 입을 쩍 벌린다. 하지만 그 사실을 알 리 없는 은재는 창문을 열고 몰래 집 안으로 들어간다.

"와, 씨. 이거 뭐야."

형수와 우영은 서로의 얼굴을 바라보다가 입을 틀어막는다. 두 녀석은 눈앞에서 벌어진 일을 믿을 수가 없다.

"쟤 지금 담 넘은 거지?"

"담이 아니라 창문이긴 한데."

"그게 그거지. 도둑질하는 거잖아."

"도둑질?"

형수의 말에 우영이 눈을 동그랗게 뜨고 묻는다. 형수는 새삼스럽게 놀라는 우영을 보며 말을 잇는다.

"그럼 자기 집인데 저렇게 들어가겠냐?"

한두 번 해 본 솜씨가 아닌 것 같다. 주변을 돌아봤던 것도, 창문을 여는 솜씨도, 하여간 이건 빈집털이 전문가 느낌이 물씬 풍기는 수준이다.

"아 씨, 어쩌지. 쟤가 도둑일 거라고는 상상도 못 했는데."

미치고 환장할 일이다. 그냥 PC방에서 게임이나 하려고 했는데 하필이면, 같은 반 여자애가 빈집털이하는 걸 목격하게 되다니.

인생이란 걸 만든 작자는 늘 그렇듯 준비되지 않은 뭔가를 던져 놓고 낄낄대며 웃어 대기 시작하고, 두 녀석은 당황한 나머지 그게 그 작자가 내던진 장난 중 아주 작은 일부일 뿐이라는 걸 전혀 눈치채지 못한다.

3

"뭐 해?"

"쉿. 조용히 해. 내 필통이랑 휴대폰도 탐내고 있을 지 누가 아냐."

가만 보니, 형수는 은재가 지나갈 때마다 재빨리 몸을 틀어 책상에 있는 것들을 몸으로 감싸 안는다.

"야. 내가 어제 하루 종일 인터넷 찾아봤는데, 빈집 털이당했다는 뉴스는 코딱지만큼도 안 나오더라. 내 가 볼 땐 다크나이트 전문 털이범이야. 뭘 털어 갔는 지 흔적도 안 남겼다는 거지."

필요할 때 좀처럼 발휘되지 않던 상상력이 이럴 때 에만 백 퍼센트 발휘되는 형수다. 형수는 은재가 평소

스스로 아싸를 자처하는 이유와 빈집털이범이라는 정체가 찰떡처럼 맞아떨어진다고 생각한다.

"내가 생각을 해 봤는데, 우리 이렇게 된 김에 후진 PC방 그만 다니고 게임용 컴퓨터 하나씩 사자."

"그 PC방 마음에 든다며."

"마음에 들긴 개뿔 드냐. 후져 가지고. 그냥 컴퓨터 하나 사."

"무슨 돈으로 컴퓨터를 사?"

형수의 말에 우영이 눈썹을 찡그리며 묻는다. 형수는 걱정할 것 없다는 듯 손을 휘저으며 목소리를 낮춘다.

"잘 들어 봐. 다크나이트가 도둑질을 할 때 우연히 거기 있었던 것처럼 영상을 찍고 경찰에 신고하는 거지."

"경찰에?"

"야, 우리가 빈집털이범을 잡는 데 공로를 세우잖아? 그럼 막 용감한시민상 그런 거 주고, 뉴스에도 나와. 그걸로 유튜브를 하는 거지. 너 용감한 시민이 하는 유튜브 봤어?"

우영은 멍한 표정을 지으며 고개를 절레절레 흔든

다.

"그러니까! 성공하기만 하면 우린 대박이야. 컴퓨터 바로 사는 거라니까."

형수의 자신만만한 계획에 우영은 고개를 갸웃거린다. 아무리 생각해도 둘은 용감한 것과는 거리가 멀어도 한참 먼 것 같아서다.

"오늘 학교 마치고 바로 시작이다. 알지?"

"아, 나 오늘 학원 늦으면 죽는데……."

"또 여기야?"

우영의 말에 형수가 얼굴을 구긴다.

"와, 다크나이트 진짜 양심도 없다. 어떻게 한번 턴 데를 또 터냐."

정말이다. 은재는 어제 그 아파트로 다시 왔다. 어디서 본 건 있어서 녀석들은 반대편 계단으로 재빨리 움직인다. 2층에 도착하자, 어제 창문을 열고 몰래 들어갔던 그 집 앞에서 멈칫 망설이고 있는 은재가 보인다. 형수는 혀를 차며 휴대폰을 꺼내 든다.

"증거 제대로 잡아야지. 넌 죽었어."

동영상 녹화를 시작한다. 은재가 너무 작게 찍히긴

하지만 은밀한 도둑의 모습은 변함이 없다. 한번 털었던 집이기 때문일까. 은재는 현관문에 귀를 대고 가만히 소리를 듣더니, 능숙하게 방범창을 흔들어 빼낸다. 그다음은 창문이다. 길게 팔을 뻗어 창문을 살며시 연 은재는, 가방을 먼저 방 안으로 던져 넣고 훌쩍 뛰어 창문을 넘어간다.

"그렇지! 딱 걸렸어."

형수가 막 녹화를 끝내려던 찰나 시끄러운 소리가 들려온다.

쿵!

콰다다탕.

"무, 무슨 소리야?"

우영은 커다란 소리에 깜짝 놀라 어깨를 움츠린다. 곧이어 은재가 들어간 집에서 남자의 욕설과 고함이 들려온다.

"사람 있었나 봐. 김은재 잡힌 거 아냐?"

그때 현관문이 벌컥 열리더니 은재가 뛰쳐나오고 그 뒤로 머리가 헝클어진 아저씨가 따라 나온다.

"씨발 이리 안 와?"

아저씨는 온갖 욕을 내뱉으며 복도를 내달리는 은

재 뒤를 성큼성큼 쫓는다. 형수와 우영은 자신도 모르게 숨을 멈추고 이 상황을 바라본다. 설사 은재가 도둑질을 하다 걸린 거라고 해도, 그 순간만큼은 은재가 잡히지 않길 바라고 있는 거다.

하지만 몇 걸음 안 가 은재는 잡히고 만다. 아저씨는 무자비한 손으로 은재의 머리를 낚아챈다. 작은 은재의 몸이 휘청거리다 고꾸라지지만, 아저씨는 그런 것에 신경 쓰지 않는다. 넘어진 은재의 머리채를 잡아 질질 끌고 갈 뿐이다.

형수와 우영의 심장이 쿵쿵 뛴다. 얼굴이 빨개지고 두려움에 아무 말도 하지 못한다. 녀석들은 눈앞에서 벌어진 일을 믿을 수가 없다.

요란한 소리가 들렸는지 녀석들 가까이 있던 집의 열린 창문으로 인기척이 느껴진다. 형수가 도움을 청하려 하지만 섬뜩하리만치 무심한 목소리가 이를 막는다.

"아유 또 시작이네. 괜히 남의 집에 신경 쓰지 말고 학생들도 빨리 집에 들어가."

드르륵.

아주머니는 그게 일상이라도 된다는 듯 창문을 닫

고 잠가 버린다. 누군가 문을 닫고 못 본 척하는 동안 은재는 거대한 손에 머리를 그러잡힌 채 긴 복도를 질질 끌려가고 있다. 우영은 거의 울기 직전처럼 얼굴이 허옇게 질리고, 형수는 차라리 신고를 해야겠다고 생각한다. 하지만 은재의 다음 말이 아무것도 할 수 없게 만든다.

"잘못했어요. 잘못했어요, 아빠."

은재는 두 손을 모아 빌고 또 빈다.

두 녀석은 누가 총을 겨누고 있기라도 한 것처럼 몸이 얼어붙는다.

"아빠……라고?"

학대와 폭력.

그리고 그것만큼 끔찍한 것이 있다면 그건 수치심을 느끼는 것일 거다.

아빠에게 질질 끌려가는 동안, 두 손을 싹싹 빌며 잘못했다고 하는 동안, 은재는 보고야 만다. 같은 반 남자아이 두 명이 자신을 바라보고 있음을.

은재는 눈을 질끈 감고 차라리 이대로 세상이 망해 버렸으면 좋겠다고 생각한다.

4

　교실은 언제나처럼 떠들썩하지만 두 녀석만큼은 조용하다.

　은재와의 친분이라고는 같은 반이라는 게 전부인데, 이름과 얼굴을 안다는 것 외에는 사실 따지고 보면 완전 모르는 남이나 다를 바 없다. 그러니 은재에게 무슨 일이 일어났다고 해서 두 녀석이 마음을 쓸이유가 없을지도 모른다. 하지만 녀석들은 그러지 못한다.

　"아 진짜 미치겠네⋯⋯."

　형수는 밤새 잠을 자지 못했다. 눈을 감으면 눈앞에서 머리채가 잡힌 채 끌려가는 은재가 생생하게 떠올랐다. 일그러진 얼굴, 잘못했다고 빌던 떨리는 목소리, 무자비한 손길…….

우영은 잠들긴 했지만 좋은 잠을 자지는 못했다. 밤새 은재 대신 자신이 무서운 아저씨의 손에 끌려가 두들겨 맞는 꿈을 꿔야 했다. 그만하라고, 제발 그만하라고 아무리 애원해도 그 끔찍한 손은 다시 돌아와 우영을 잡아끌었다.

무슨 잘못을 하면 그렇게까지 혼나야 하는 걸까. 설사 은재가 진짜 빈집털이범이라고 해도 그렇게 맞아선 안 되는 게 아닐까.

'잘못했어요, 아빠.'

은재는 왜 자기 집에 들어가면서 현관문이 아닌 창문으로 들어간 걸까. 누군가 끝도 없는 실을 마구 헝클어 머릿속에 던져 놓은 것만 같았다. 어떻게 해야 엉켜 버린 실의 매듭을 풀 수 있는 건지 감히 짐작조차 하지 못한 채로.

놀랍게도 두 녀석은 양심의 가책을 느끼는 중이다.

나는 그런 녀석들이 고마우면서 동시에 궁금해진다. 이렇게 말하면 매정하다고 생각할지도 모르겠지만, 사실 은재에게 무슨 일이 일어나든 그게 녀석들과 무슨 상관이란 말인가? 열다섯 살이 되는 동안 녀석들이 배운 거라고는 비겁해지는 방법, 불의를 보고 눈감는 방법, 보고도 못 본 척하는 방법 같은 것들뿐이지 않은가.

사실이다.

일곱 살짜리에게 어른들은 용감해지라고, 어려운 사람들을 도우라고 말한다. 하지만 열다섯 살짜리에게 누가 그런 말을 한단 말인가? 열다섯은 그저 공부나 하며 앞으로 뭘 어떻게 하고 살 작정인지 계획을 세우고, 대학 걱정이나 하라고 소리칠 뿐이다.

일곱 살에서 열다섯이 되는 동안 아이들은 수많은 불합리와 잘못된 세상을 만난다. 잘나가는 친구에게 붙으려고 양심을 팔기도 하고, 내가 왕따가 되지 않기 위해 다른 아이를 왕따시키고 못 본 척하기도 한다.

그렇게 아이들은 배우게 된다.

용기를 가지는 건 어렵지만 비겁해지는 건 쉽다.

그렇지 않은가?

드르륵.

교실 문이 열리고 은재가 걸어 들어온다. 다크나이트의 모습 그대로다. 어깨까지 늘어뜨린 머리, 터덜터덜 걷는 걸음, 무표정.

은재의 등장만으로 우영과 형수는 숨을 크게 들이마신다. 둘은 마치 교실 문 너머로 어제 그 아저씨가 쳐들어오기라도 하는 것처럼 긴장하고 있다.

은재는 평소와 똑같다. 어제 아빠에게 머리채를 잡힌 채 끌려간 아이 같지 않다. 얼굴이 부었다거나 피딱지가 앉았다거나 멍든 흔적도 없다. 휴우. 안도의 숨을 내쉬고 두 녀석은 서로 눈을 맞춘다.

"괜찮은가 본데?"

형수의 말에 우영이 고개를 끄덕인다.

"다크나이트가 뭐 잘못한 게 있었겠지."

뭘 얼마나 잘못하면 복도에서 머리채를 잡혀 끌려가는 건지, 도둑처럼 창문을 넘어 집으로 들어가야 하는 건지, 수많은 질문이 따라오지만 둘은 침묵하기로 한다.

나는 조용히 은재의 곁으로 가 우두커니 선다. 은재가 나를 부르지 않을까 싶어서다. 하지만 이 아이는 내가 건네는 손을 그러잡을 힘조차 없다. 뭔가를 하기에 은재는 너무 지쳐 있다.

형수와 우영은 은재가 멀쩡해 보여서 다행이라고

생각하지만 그건 사실이 아니다. 은재는 최선을 다해 아무렇지도 않은 척 굴고 있는 거다. 교실 문을 여는 손이 떨렸다는 걸, 지금 이 순간에도 이를 악물고 참고 있다는 걸 녀석들은 알지 못한다.

어젯밤 은재는 한숨도 자지 못했다. 아빠에게 맞은 것만큼이나 녀석들에게 들켰다는 사실이 끔찍하게 느껴졌다. 은재는 형수와 우영이 반 아이들에게 소문을 내고, 결국엔 모두가 알아 버릴지도 모른다고 생각했다. 교실 문을 열면 동정의 눈길을 보내올 아이들을 생각하는 것만으로도 은재는 주저앉아 버리고 싶었다.

하지만 은재의 생각과 달리 누구도 은재에게 관심을 가지지 않는다. 녀석들이 아직 아무에게도 말하지 않은 걸까.

나는 은재가 입은 검은색 카디건을 바라본다. 춥지도 않은데 은재는 늘 카디건을 입고 온다. 시뻘겋게 부풀어 오르고 보라색으로 멍든 팔을 가리기 위해서다. 사람들은 카디건 안을 들여다볼 줄 모른다. 고작 카디건 하나로 가렸을 뿐인데도.

은재는 무관심 속에 평소와 똑같이 책을 펴고 문

제집을 편다. 담임이 준 문제집이 은재가 가지고 있는 문제집의 전부다. 은재는 결코 다른 아이들처럼 함부로 채점을 하는 법이 없다. 늘 다른 노트에 문제를 풀고 채점을 한다. 그렇게 해야 이 문제집이 너덜너덜해질 때까지 보고 또 볼 수 있으니까. 은재는 아빠에게 문제집을 살 돈을 달라고 한 적이 한 번도 없다.

은재는 학교생활의 모든 것이 수치스럽다. 친구를 거부하는 것도 그 이유에서다. 친구가 있으면 늘 비교하게 된다. 친구가 은재의 사정을 알게 될 거고, 그러면 다시 은재는 한없이 부끄러워질 것이다.

처음부터 은재가 혼자가 되길 선택한 건 아니었다. 은재도 수치를 먼저 배우진 않았다. 초등학교 때에는 은재에게도 친구라는 게 있었다. 아빠가 술을 먹은 날, 욕설과 발길질이 쏟아지던 날, 은재는 친구의 집에서 밥을 먹거나 간식을 먹으며 아빠가 잠들 시간까지 기다렸다. 생각해 보면 그 시절이 은재에게 그나마 견딜 만했던 유일한 시절이었던 것 같다.

하지만 그 시간이 그렇게 길지는 않았다. 5학년, 그 어린아이도 본능적으로 알아차렸다. 내가 애보다 더 우위에 있구나, 아무렇게나 해도 되는구나라는 걸.

친구는 어느새 은재를 하인처럼 부리기 시작했다. 작은 말다툼이라도 있으면 은재가 먼저 사과를 해야 했다. 누가 잘못했는지는 중요하지 않았다. 친구는 은재에게 '내가 놀아 주는 거니까 네가 사과해.'라고 말했다.

한때는 인생의 구세주 같던 친구도 뒤돌아서면 적보다 무서운 적이 되는 법이다.

나는 그래서 인생이 싫다. 짜증 나고 역겹다.

처음부터 엿같이 만들질 말았어야지. 랜덤으로 누구에게는 그럴싸한 삶을 주고, 다른 누군가에게는 지옥 같은 삶을 줘서는 안 되는 거다. 더는 빼앗길 것도 없는, 구렁텅이에 빠진 아이에게 최소한의 양심이 있다면 친구까지 빼앗는 짓은 하지 말았어야 했다.

"쟤네 엄마 도망갔어. 아빠가 맨날 때리잖아. 우리 집에 와서 몇 번이나 자고 갔는지 알아? 그만 가라고 눈치를 그렇게 줘도 안 가더라."

친구였던 아이는 은재의 이야기를 아무렇게나 하고 다녔다. 아무에게도 말하고 싶지 않았던 일들을 모두가 알게 됐을 때, 수치심으로 온몸이 범벅이 되어 흠씬 두들겨 맞은 것만큼 아파 왔을 때 은재는 깨달았

다. 언제든 돌아설 수 있는 친구를 얻느니 차라리 혼
자가 편하다고.

5

"현질 얼마 할 거냐?"

"내가 돈이 어디 있어."

"아, 진짜 그 아이템만 사면 되는데."

내가 이래서 이 녀석들에게 눈을 뗄 수 없다. 녀석들은 지금 게임 이야기를 하는 척 굴고 있을 뿐 신경은 온통 횡단보도 앞에서 신호를 기다리는 은재에게 향해 있다. 저렇게 큰 소리로 게임 이야기를 하면 은재가 눈치채지 못한다고 믿고 있는 거다.

나는 미소를 지으며 두 녀석을 바라본다. 녀석들을 보고 있는 게 나뿐만은 아니지만.

지유다. 정지유라는 이름보다 타노스 반장이라 불

리는 게 훨씬 더 잘 어울리는 아이다. 초등학교 4학년 때부터 지금까지 한 번도 빠지지 않고 반장만 하던 터라, 지유 역시 이름보다 반장이라고 불리는 게 더 익숙하다.

반장은 자꾸만 우영이 마음에 걸린다. 계속 눈에 밟히고 신경이 쓰인다. 우영은 진짜 이상한 애다. 2년 내내 우영과 같은 반이었지만 한 번도 화내는 걸 본 적 없다. 보통의 남자아이들에게서 나는 시큼한 사춘기의 냄새도 나지 않는다. 햇볕에 그을려 까맣게 탄 다른 애들과 달리 혼자 햇볕 한번 못 보고 산 것처럼 새하얗다. 깔깔깔 하하하 웃지도 않고 그저 히죽 수줍게 웃음 짓는 게 다다. 눈에 장난기를 가득 품고 있으면서도 사고 한번 친 적 없다. 형수와 있을 땐 저렇게 잘 웃고 놀다가도, 어른들만 보면 문구점에서 지우개를 훔치다 걸린 초등학생 같은 얼굴로 변한다.

그러니까 결론은, 저 쪼다 같은 게 자꾸만 사람을 이상하게 만든다는 거다.

반장의 시선은 우영에게 닿았다가, 우영이 바라보고 있는 은재에게로 닿는다. 형수와 우영은 은재 뒤를 쫓고, 두 녀석의 뒤를 반장이 쫓는다. 이래서 인간들은 재미있다니까.

"너 학원 안 가냐? 오늘도 늦으면 엄마가 죽인다고 했다며."

"이따가 갈 거야. 쌤한테 저녁 반에 간다고 했어."

우영의 말에 형수가 웬일이냐는 듯 바라보다 되묻는다.

"네가 쌤한테 직접 전화를 했다고?"

"문자. 그러는 넌, 집에 안 가?"

형수는 뭘 새삼스레 그런 걸 묻느냐는 듯 답한다.

"우리 집은 나 안 들어와도 몰라. 내 동생만 있으면 되거든."

형수에게는 여덟 살 차이 나는 어린 동생이 있다. 동생이 태어난 후로 완전 찬밥 신세가 된 형수지만 별로 신경 쓰지 않는다. 아직 초등학교도 안 들어간 유딩에게 질투해 봤자지 뭐.

둘은 그렇게 서로의 눈치를 보며, 은재의 뒤를 누가 먼저랄 것도 없이 쫓고 있다. 분명 누군가는 "대체 우리가 왜 다크나이트 뒤를 쫓는 건데? 따라가서 뭐 하려고."라는 말을 꺼내야 하지만, 누구도 먼저 말하지 않는다.

오늘도 은재는 집에 들어가고 싶지 않다. 아빠는 늦은 밤 술에 취해 집에 들어오곤 했지만 요즘 들어 일찍 들어오는 일이 많아졌다. 집에 아빠가 있다면, 더욱이 술에 취해 잠든 게 아니라면 일찍 들어가 봐야 좋을 게 없다.

"이년이 어디 눈을 똑바로 뜨고 쳐다봐. 뒈지고 싶어?"

아빠의 목소리는 어디에서나 들려온다. 은재는 괜히 머리를 쓸어 만지고 하늘을 올려다본다. 쓸데없이 환한, 짜증 나는 하늘이다.

그때.

형수와 우영이 복도에서 머리채를 잡혀 끌려가던 은재를 봤을 때, 은재는 정말로 아빠가 잠이 든 줄 알았다. 집 안에서 TV 소리조차 들리지 않았기 때문이다. 혹시나 하는 마음에 현관문이 아닌 창문을 넘어 방으로 들어갔을 때, 아빠는 눈이 뒤집혀서 욕을 내뱉었다.

"씨발 네가 도둑년이야? 왜 멀쩡한 문 놔두고 창문으로 기어 들어오는데."

놀란 은재가 밖으로 뛰쳐나갔고, 그 모습은 아빠의

화를 더욱 돋웠다.

"이년이 도망을 가? 너도 네 엄마처럼 도망가고 싶어 죽겠지? 이리 와. 두 번 다시 그런 생각 못 하게 만들어 줄 테니까."

쿵.

은재는 누군가 자신을 세게 밀기라도 한 것처럼 휘청거린다. 늘 겪는 일이지만 매번 적응하기 어렵다. 두려움을 느끼는 건, 설사 그것이 평생 계속된 일이라고 해도 적응되지 않는 법이다.

은재는 다시 하늘을 바라보다가 고개를 숙인다. 오늘은 몇 시쯤 집에 들어갈 수 있을까.

은재가 버스 정류장에 앉는다. 타지도 않을 버스를 기다리기 위해서다. 은재가 기다리는 버스가 있었다면 나는 어떻게든 시간을 맞춰 은재 발 앞에 버스를 세워 줬을 거다. 내가 지금까지 그래 왔던 것처럼, 이 가여운 아이에게 내 작은 행운을 건넸을 거다. 하지만 지금 내가 이 아이를 위해 해 줄 수 있는 건 아무것도 없다.

"집에 언제 갈 거야?"

"그냥 조금 이따가. 넌?"

"나도 뭐, 그냥 이따가 가려고."

형수와 우영은 멀리 은재를 보며 그저 멀뚱히 서 있다. 오늘은 어디 다른 곳을 가려는 걸까. 버스 정류장에 앉아 있는 은재를 보니 조금 마음이 놓이는 것 같다. 만일 은재가 곧장 집으로 들어갔다면 두 녀석들은 죄지은 사람처럼 안절부절못했을 거다.

"너희 여기서 뭐 해?"

어우, 깜짝아. 놀란 두 녀석이 동시에 뒤를 돌아보고, 뒤에 서 있는 사람이 타노스라는 사실에 한 번 더 놀란다.

"타, 타노 아니, 반장. 네가 여기 웬일이야? 이 근처 살아?"

"아니. 너네 따라왔는데."

반장의 말에 형수가 놀란 얼굴로 묻는다.

"우릴? 왜?"

"너희는 왜 김은재 뒤따라온 건데?"

훅 들어온 질문에 눈동자 두 쌍이 빠르게 움직인다.

"아, 아닌데."

"맞는데. 내가 아까 학교에서부터 봤는데."

반장의 확고한 대답에 형수와 우영은 누가 먼저랄 것도 없이 서로에게 신호를 보낸다.

야, 어쩌냐. 그냥 말할까?

뭘?

아 몰라, 뭐든 말해 봐.

고민 끝에 우영이 말을 더듬대며 입을 연다.

"그, 그게, 형수가 다크나이트 좋아해."

"뭐?"

"뭐?"

우영의 말에 형수와 반장이 동시에 말을 내뱉는다. 형수는 눈을 동그랗게 뜨고 우영을 향해 죽이겠다는 신호를 보낸다. 너 이 새끼야. 이게 무슨 개수작이야.

"그래서 내가 도와주려고."

"아."

반장은 이제 이해가 된다는 듯 고개를 끄덕이고 형수의 얼굴은 똥 씹은 사람처럼 찌푸려져 있다.

"그럼 나도 도와줄게."

"으응…… 어? 뭐, 뭘 도와줘?"

깜짝 놀란 우영이 되묻자 반장이 버스 정류장에 앉아 있는 은재와 형수를 번갈아 바라보며 대답한다.

"은재 좋아한다며. 나도 도와준다고."

"아, 아니 안 그래도 되는데."

"도와준다니까."

도움이라기보다 거의 협박에 가까운 반장의 말에, 우영은 침을 꿀꺽 삼키고 형수의 눈치를 살핀다. 형수는 거의 죽어 가는 사람 얼굴이다. 역시, 내 기대를 저버리지 않는 녀석들이다. 나는 웃음을 터트리고 두 녀석과 반장을 바라본다.

그리고 내가 바라보는 것을 은재 그 아이도 함께 바라본다.

인생은 늘 엉망진창이지만 혹시 아는가. 이 녀석들의 바보 같은 행동이 엉망으로 엉킨 인생을 풀어 놓을지.

6

"갖다줘."

반장이 형수의 책상 위에 딸기우유 하나를 올린다. 무슨 말이냐는 듯 눈을 깜박이는 형수에게 반장은 턱 짓으로 은재를 가리킨다.

"이렇게까지 안 해도 되는데."

형수는 우영을 향해 매서운 눈초리를 보내고, 과한 친절을 베푸는 반장을 향해 억지웃음을 지어 보인다. 물론 반장에게 씨알도 먹히지 않지만.

"빨리 갖다줘."

결국 형수는 어려운 수학 문제를 풀어 가는 아이 같은 얼굴로 자리에서 일어나고야 말고, 우영은 걱정스러운 마음에 형수를 초조하게 바라본다. 그런 우영의 앞에도 딸기우유 하나가 놓인다. 우영이 어리둥절하게 반장을 바라보자 반장이 무뚝뚝한 표정으로,

"먹든지."

라고 말한다.

나는 둘을 보며 빙긋 웃는다.

"이거 너 먹어라."

책상 위에 올려진 딸기우유를 은재가 가만히 내려다본다. 이게 무슨 개수작이냐는 표정이다.

"상한 거 아니야. 이상한 것도 아니고. 반장이 아침에 사 온…… 아니 내가 아침에 사 온 거지. 내 거는 있으니까 너 먹어."

"됐어. 너나 먹어."

은재는 책상 모서리 끝까지 우유를 밀어낸다. 형수는 슬쩍 뒤를 돌아 반장의 눈치를 살피다, 꼭 이렇게까지 해야 하나 싶은 생각이 든다. 우유고 나발이고 본인이 안 마시겠다는데 뭘 어쩌겠어, 하는 마음에 우유를 들고 돌아서려는 찰나 은재의 손목에 곰팡이처럼 자리 잡은 시퍼런 멍을 보고야 만다.

"거기…… 다쳤냐?"

"신경 꺼."

은재는 서둘러 카디건을 손목 끝까지 내리고 기억하고 싶지 않은 그날을 떠올린다. 아빠의 폭력을 이 아이들이 봤다는 것만으로도 온몸을 두들겨 맞은 것 같은 기분이다. 은재는 아무렇지도 않아 보이기 위해 입을 꼭 다문다. 동정받는 일은 단 한 번도 괜찮았던 적이 없다.

그리고 형수는 그제야 카디건 안에 숨어 있는 상처들이 보이기 시작한다.

수업 내내 형수의 머릿속은 한 가지 생각으로 가득 차 있다. 도대체 얼마나 더 많은 멍들이, 더 많은 상처들이 숨겨져 있는 걸까.

사실 녀석들도 그날 봤던 것들을 잊으려고 애써 봤다. 그게 나랑 무슨 상관이냐고, 내 앞가림도 못하면서 뭘 어쩌겠다는 거냐고 눈감아 보려고도 했다.

하지만 두 녀석은 그렇게 할 수 없었다. 뭐 하나 잘하는 것도 없는 이 바보 같은 녀석들은 남들은 쉽게 하는, 그저 눈을 감고 귀를 닫은 채 모른 척하는 것조차 하지 못한다. 이게 바로 내가 이 녀석들을 좋아하는 진짜 이유다.

'가정 폭력 신고'.

인터넷 검색창에 글자를 넣어 검색을 누르자마자 가정 폭력 피해자를 도와준다는 수많은 번호가 뜬다.

"그럼 그렇지!"

형수는 그제야 미소를 짓고 고개를 끄덕인다. 그리고 우영은 한동안 휴대폰에서 시선을 떼지 못한다.

'폭언, 정서, 심리적인 학대 역시 가정 폭력에 포함됩니다.'

우영은 마치 글자들이 빙글빙글 돌아다니기라도 하는 것처럼 멍하니 그것들을 바라보고 또 바라본다.

학대.

폭력.

은재를 둘러싸고 있는 이 지독한 것들이 오로지 은재에게만 있다고 생각한다면 그건 착각일 뿐이다. 주먹을 쓰지 않아도, 발길질을 하지 않아도 폭력은 만들어질 수 있다.

이제 때가 됐다. 내가 두 녀석 사이를 어슬렁거리게 된 이유를 밝혀야 할 때 말이다.

나는 아주 오래전부터 우영의 곁을 맴돌고 있다. 우

영의 엄마가 우영에게 소리를 지를 때, 섬뜩하리만큼 차갑게 대할 때, 그럴 때마다 나는 우영의 옆에 서서 녀석을 바라보고 서 있었다. 언제고 녀석이 나를 찾을 때 나설 수 있도록.

하지만 나는 아직 때가 아니라는 걸 안다. 내가 모습을 보이기에는 시간이 조금 더 필요하다. 엄마가 아무리 소리를 질러 대도 물러 터진 우영은 같은 말만 되뇐다.

엄마는 너무 걱정돼서 그러는 거야. 내가 걱정돼서.

생각해 보면 엄마는 늘 우영에게 화가 나 있었다. 처음엔 뭐든 자신이 부족해서 또는 잘못해서라고 생각했지만 이제는 잘 모르겠다. 정말 잘못을 해서 혼이 나는 건지, 아니면 엄마에게 혼을 낼 사람이 필요한 건지.

"한 번만 더 집에서 게임하면 컴퓨터 부숴 버린다고 했어, 안 했어?"

엄마는 자주 단단히 화가 났다. 그러곤 우영이 쥐고 있던 마우스를 던지거나 키보드를 거칠게 밀어 버렸다.

"그, 그게 아니라."

우영은 다 오해라고, 조별 발표 때문에 자료를 찾느라 컴퓨터를 켠 것뿐이라고 말하고 싶었지만 결국 말하지 못했다. 어차피 엄마는 우영의 말을 들을 생각이 없다. 마치 우영이 컴퓨터를 켜길 기다린 사람처럼 낮고 차가운 목소리로, 더는 기대도 없다는 듯 실망 가득한 목소리로 말할 뿐이다.

"네가 그러면 그렇지."

엄마의 따끔따끔한 한마디는 우영의 몸을 파고들었다. 엄마가 깊이 한숨을 내뱉을 때마다 우영은 움찔거리고, 가슴 한구석에서 응어리 같은 것들이 자꾸만 쌓여 가는 것 같았다. 숨이 턱턱 막히고 자꾸만 화가 나는 이상한 응어리다. 우영은 그 응어리가 언제고 뻥 터져 버려서 자신이 죽게 되진 않을까 겁이 났다.

우영은 입술을 깨문다. 나 같은 애는 왜 태어난 걸까. 엄마를 화나게 하고 엄마의 인생을 망치기 위해서일까. 우영은 다시 아무것도 하지 못하는 등신이 되고 만다.

등신. 넌 아무것도 못 해. 알아?

우영은 마치 말라 죽어 가는 나무처럼 기운이 빠진다.

"왜 그래?"

우영이 자신도 모르게 한숨을 내쉬었나 보다. 형수가 무슨 문제라도 있냐는 듯 우영을 바라본다. 형수의 눈에 우영의 얼굴이 허옇게 질린 게 보인다.

"아니야. 아무것도."

"어디 아프냐?"

"아니."

"아프면 말해. 보건실 같이 가 줄게. 아니야, 이왕이면 우리 수업 시간에 가자. 이따가 수학 시간에. 어때?"

"수업 시간에 우리 둘이 보건실 가면 애들이 사귀냐고 그럴걸?"

"개소리 하고 있네. 너 혼자 수학 땡땡이치고 싶어서 그러냐? 치사한 놈아."

형수의 장난스러운 말에 우영의 얼굴에 다시 미소가 번진다. 친구라는 건 이래서 좋다. 아주 짧은 순간일지라도 나쁜 생각을 잊게 만들어 주니까.

7

"세상에, 이런 게 있더라. 너 알고 있었냐? 몰랐지?"

"바보같이 있지 말고 도움받아."

형수는 여러 대사들을 내뱉으면서 연습하고 또 연습하지만 썩 마음에 들지는 않는다. 그러면서 속으로는 김은재가 감동받아 고맙다고 하면 어쩌지, 뭐 별것도 아닌데, 라고 쿨하게 대답해야 하나 고민 중이다.

"왜."

형수의 부름에 복도로 나온 은재가 차갑게 묻는다. 형수는 정성스럽게 번호를 써넣은 종이를 북 찢어 내민다. 가정 폭력으로부터 도움을 받을 수 있다는 번호들이다.

한국가정법률사무소, 대한법률구조공단, 여성긴급
전화, 경찰 민원……

은재는 쪽지 위에 쓰인 번호를 바라본다. 모두 익
숙한 번호들이다. 감동받을 거라 생각했던 형수의 기
대와 달리 은재의 표정은 더 차갑게 굳어져만 간다.

"그냥. 그런 게 있더라고."

수십 번 연습했던 말은 결국 한마디도 뱉지 못한
다. 아 씨, 이게 아닌데. 형수는 머리를 긁적이며 뒤돌
아서고 만다. 은재는 종이를 아무렇게나 구겨 형수의
뒤통수에 던져 버린다.

"내가 신경 *끄*라고 했지."

착한 일을 하고 욕을 먹는 경우도 있던가? 형수는
갑작스러운 은재의 분노가 당황스럽다.

"이딴 게 다 뭔데? 왜, 차라리 애들한테 소문을 내
지."

"그게 아니라……"

"내가 불쌍하니? 동정심이 막 샘솟아? 난 네가 더
불쌍해. 애들이 찌질하다고 놀리는 것도 모르고 그저
헤헤, 좋다고 웃는 게 얼마나 불쌍한지 알아?"

"야, 그렇다고 그렇게까지 말할 건 없잖아."

"남의 일에 신경 *끄*고 네 일이나 잘해. 너나 나나 인생 불쌍한 건 똑같으니까."

"나는 그냥 걱정돼서……."

은재는 주먹을 꼭 쥔다.

"내가 안 해 봤을 것 같아?"

형수는 은재가 무슨 말을 하는 건지 알 수 없다. 그게 무슨 말이냐고 묻기도 전에 은재가 말을 잇는다.

"아무 소용 없어. 그러니까 신경 꺼."

"뭐라고?"

"신경 *끄*라고."

"야, 나는 그게 아니라……."

"다른 애들한테 내 얘기나 하지 마. 하기만 해 봐. 확 죽어 버릴 테니까."

은재의 눈에 독기가 가득 차 있다. 형수는 그 눈빛에 두려움을 느낀다. 은재가 자신을 어떻게 할지도 모른다는 두려움이 아니라 정말로 은재가 죽어 버릴지도 모른다는 두려움이다.

은재는 마지막까지 형수를 노려보다 지나쳐 간다. 형수는 넋이 나간 사람처럼, 이 황당하고 어이없는 일을 어떻게 해석해야 할지 몰라 눈만 껌벅이고 있다.

"와, 저 개싸가지."

형수는 성큼성큼 걸어가는 은재의 뒤통수를 향해 가운뎃손가락을 날리고 주먹을 불끈 쥔다. 아오 내가 미쳤지! 다크나이트가 불쌍하긴 뭐가 불쌍해.

형수는 배신감에 가까운 기분을 느끼고 마구 짜증을 쏟아 내지만, 사실 지금 자신이 느끼는 기분이 어떤 건지 알 수 없다. 기껏 생각해 줬던 일이 구겨져 실망한 걸까. 아니면 차가운 은재의 반응이 짜증스러운 걸까. 아니다. 형수는 지금 이 모든 감정을 느끼며 동시에 두렵다.

'내가 안 해 봤을 것 같아?'

'아무 소용 없어.'

그건 무슨 뜻이었을까.

"야, 김은재!"

형수는 성큼성큼 걸어가 은재 앞을 막아선다. 은재의 눈에는 여전히 독기가 서려 있다.

"그래. 나 공부도 못하고 쪽팔린 것도 모르는 찌질이다. 그래도 난, 무서운 게 뭔지는 알아."

지금 형수는 자신이 무슨 말을 하고 있는지 알지

못한다. 그저 마음에 담고 있던 말을 내뱉을 뿐이지만, 그건 준비한 말보다 수천 배는 더 은재의 머릿속에 깊숙이 들어와 발길을 멈춰 세운다.

"나는 무서워 죽겠어. 네가 또 아빠한테 맞을까 봐 무섭고, 내일 학교에 못 나올까 봐 무섭고, 그걸 다 알면서도 모른 척하는 나도 무서워."

그리고 그 말은 오랫동안 내 귓가에 남아 있는다. 녀석은 결코 상처받은 이를 모른 척하지 않는다. 이게 바로 내가 형수 곁에 머무르는 이유다.

우영이 엄마 때문에 가슴 아파할 때도 형수는 꼬치꼬치 캐묻는 대신 실없는 장난 몇 번으로 힘이 되어 주었다. 우영이 말하고 싶어 하지 않는다는 걸 알고 있어서다. 그리고 지금, 은재에게 힘이 되어 주려 하고 있다.

은재는 아무 말도 하지 않고 형수 옆을 지나쳐 간다. 걸어가는 동안 한 번도 뒤돌아보지 않는다.

내가 신고하면 얼씨구나 그래 힘들었지 하고 다들 도와줄 거 같아? 엿 같은 소리 그만하라고 그래.

은재가 15년을 살아오면서 얼마나 많은 일이 있었는지 형수는 감히 짐작조차 할 수 없다. 한때는 은재도 사람들에게 도와 달라고 손을 내밀었다. 그때마다 나는 드디어 내가 나설 때가 온 걸까, 생각했지만 누구도 그 손을 끝까지 잡아 주지 않았다. 경찰도, 이웃 집 사람들도, 뭐든 들어 주겠다던 상담사들도 아빠에게 더 큰 분노만을 심어 주고 떠났다.

지옥불에서 누군가 당신에게 도와 달라고, 살려 달라고 손을 내밀면 당신은 그것을 맞잡을 용기가 있을까. 손을 잡으면 같이 지옥불에 휩쓸리고 말 것이다. 꼭 그럴 것만 같다. 이게 지옥에 사는 사람들이 지옥에서 벗어나지 못하는 이유다.

너는 그저 몇 번 도와주고 양심의 가책만 벗어나면 그만이겠지. 그다음에는? 넌 스스로 뿌듯한 일을 했다 여기겠지만, 남겨진 나는?

누군가는 차라리 보육원에서 지내는 게 낫지 않냐고 할지도 모른다. 지옥보다는 보육원이 나을 테니까. 적어도 거긴 매일같이 폭력을 휘두르는 사람도 없을 거고, 도둑처럼 살금살금 집에 들어가지 않아도 될 테니까.

하지만 그건 아무것도 모르는 사람들이 하는 생각에 불과하다. 잃을 것이 없는 것처럼 보이는 사람도 지키고 싶은 것이 있다. 끔찍하게 두려운 것도.

난 그냥 다른 애들처럼 평범하게 살고 싶어. 적어도 남들 눈에는 그렇게 보이고 싶다고.

그리고······.

은재는 눈을 감는다. 침을 삼키고 주먹을 꼭 쥔다. 작은 손이 파르르 떨리도록 힘을 준다.

그리고 결국엔 아빠가 다시 돌아올 거야.

8

결국엔 아빠가 다시 돌아올 거야.

어릴 땐 아빠가 주먹을 휘두르면 소리 높여 울었다. 아빠가 욕을 내뱉고 물건을 던지면, 아무 잘못한 것이 없어도 잘못했다고 말했다. 도움을 줄 사람을 찾기도 했고 살려 달라고 빌기도 했다. 누군가의 신고에 경찰이 몇 번 오기도 했었다.

하지만 경찰은 은재를 구해 주지 못했다.

"말을 안 들어서 말입니다. 친구 물건을 훔쳤다지 뭡니까."

아빠의 말 한마디면 경찰은 고개를 끄덕였다. 또 신고가 들어올 수 있으니 적당히 하시라는 말만 남기고 돌아갔다.

아빠는 은재에게 어떤 잘못이든 만들어 붙였다. 아빠가 돌아오지 않는 컴컴한 밤, 배고픔에 지쳐 라면을 끓여 먹고 있으면 어디서 라면이 났느냐고 물었다. 친구들에게 따돌림을 당해 가방이 엉망이 됐을 때에도 아빠는 또 누구와 싸웠냐며 욕을 내뱉었다. 은재는 잘못을 했든 하지 않았든 결국엔 맞아야 한다는 걸 깨달았다.

그 이후로도 경찰은 몇 번이나 더 왔다 갔지만 아무것도 해결되지 않았다. 그때마다 아빠는 더러운 이빨을 드러내며 웃었다.

"봐라. 경찰도 다 소용없어. 밖에 나가서 쓸데없는 소리 해 봐야 아무도 너한테 관심 없다. 알겠냐?"

아빠 말이 맞았다.

아무 소용도 없었다.

"왜, 너도 네 엄마처럼 도망가게? 어디 한번 도망가 봐. 내가 무슨 수를 써서라도 찾아서 뒈지게 만들 거니까."

어쩌면 아빠가 몇 년 감옥에서 살게 될지도 모른다. 하지만 아빠가 다시 돌아오면? 그땐 자신을 정말로 죽일지도 모른다는 생각이 든다. 아니 아빠라면 반드시 그럴 거다.

은재는 모든 순간들이 두렵다.

"아오, 열받아."

형수는 콧구멍을 벌렁이며 씩씩대고 있다. 그 옆에서 우영은 어쩔 줄 모르겠다는 눈치다.

"다크나이트 완전 또라이 아니냐? 내가 뭐 놀리려고 그래? 걱정돼서 그런 거잖아. 걱정."

"알지."

"근데 날 막 잡아먹으려고 했다니까? 나보고 찌질이라고 막말까지 하고. 내가 뭘 어쨌는데. 나는 그냥 순전히 좋은 마음으로 말한 건데. 와, 진짜 싸가지도 그런 싸가지가 없더라니까."

우영은 고개를 끄덕이며 형수의 어깨를 토닥여 준다. 어쩐지 형수가 화가 난 게 아니라 상처받은 것처럼 보였으니까.

"됐어. 신경 끄라니까 나도 신경 끌 거야."

"그래도……"

그래도 그러지 말자고, 지금 은재에게는 모른 척하

지 않는 누군가가 필요할지도 모른다고 말하고 싶지만 우영은 차마 말을 잇지 못한다. 은재를 보면 엄마가 떠오르고, 그럴 때마다 우영은 자꾸만 작아진다.

"개뿔. 지가 알아서 하겠지. 아, 몰라. 우리 PC방이나 가자."

"오늘은 못 가. 학원에 시험 있어."

"또? 무슨 놈의 학원이 맨날 시험이냐. 그러지 말고 한 판만 하고 가라."

형수의 눈에 열정 같은 게 피어오른다. 나는 두 녀석을 보고 픽, 씁쓸한 웃음을 터트린다.

머릿속에서 은재의 일은 다 지우고 다시 원래대로 돌아가려는 것뿐인데 두 녀석은 어쩐지 잔뜩 불안해 보인다. 지워지지 않는 것을 억지로 지우려는 사람들이 그러는 것처럼.

•

"김우영!"

자신을 부르는 큰 소리에 우영은 실험실에 갇힌 가여운 동물처럼 깜짝 놀라 몸을 부르르 떤다. 누군가 자신을 큰 소리로 부를 때면 늘 깜짝 놀라는 우영이다. 엄마가 우영을 혼낼 때마다 그렇게 불러서이지만 우영은 자신이 소심해서 그런 줄만 안다.

"나 숙제 좀 보여 줘."

학원에서 같이 수업을 듣는 여자아이다. 함께 수업을 들은 지 한 달도 안 되었지만 어느 순간부터 당연하다는 듯 우영에게 숙제를 보여 달라고 한다.

나는 우영이 싫다고 말하길 바라면서 우영을 바라본다. 하지만 녀석은 고개를 숙인 채 숙제를 꺼내 내민다. 그 모습에 나는 한숨을 내쉰다. 싫다고 말하면 그만인 걸 우영은 그 간단한 말조차 하지 못한다. 여자아이는 영악하게도 우영이 싫다는 말을 하지 못한다는 걸 알고 있고, 그래서 그걸 이용한다.

난 저런 인간들이 정말 싫다. 하지만 다행히도 내가 나설 필요는 없다. 그 모습을 바라보며 답답해하고 있는 게 나뿐만은 아니니까.

학원 자습실로 가기 위해 복도를 지나던 반장의 눈에 우영이 들어온다. 반장은 한참 우영을 보고 있다. 그 사실을 알 리 없는 우영은 여전히 고개를 푹 숙인 채다.

여자아이는 그대로 정답을 옮겨 쓰다 문득 대단한

발견이라도 한 것처럼 샤프를 놓는다.

"이거 네가 좀 써 주면 안 돼?"

"어?"

"나 팔 아프단 말이야. 네가 좀 써 주라, 응?"

우영은 싫다는 뜻으로 가만히 있지만 여자아이는 해 주겠다는 뜻으로 받아들인다.

"고마워. 내가 너 좋아하는 거 알지?"

여자아이는 어린 동생을 대하듯 우영의 볼을 꼬집어 양 옆으로 늘린다. 우영이 아픈 듯 눈살을 찌푸리지만 여자아이는 그만둘 생각이 없다.

"하, 하지 마."

"아궁 귀여워. 찹쌀떡 같아."

우영의 하얀 볼에 시뻘건 손자국이 남는다. 창문 너머에서 바라보던 반장의 눈에 힘이 들어간다. 아주 짧은 순간 반장의 머릿속에 여러 가지 생각이 스쳐 지나간다. 반장은 잠시 망설이다 다시 자습실로 발걸음을 옮긴다. 아니다. 자습실로 향하려던 발걸음은 이내 멈춰 서고 작은 한숨이 터져 나온다. 반장의 발걸음은 아주 빠르게, 두 번의 망설임도 없이 우영이 있는 교실로 향한다.

"야."

반장의 등장에 우영도 여자아이도 놀란 눈치다. 같은 학원에 다니지만 반이 달라 마주칠 일이 별로 없어서다.

"그만해."

"뭐가?"

"뭐든. 괴롭히는 거 그만두라고."

"괴롭힌 거 아닌데? 부탁한 거야."

"넌 부탁을 볼 꼬집어 가면서 하니? 그럼 나도 너한테 부탁 좀 해도 돼?"

반장 특유의 무뚝뚝하고 단호한 말투에 여자아이는 당황한 듯 눈을 깜박인다. 학교도 다르고 학원 수업도 한 번도 같이 들은 적 없지만 반장의 성격이 어떤지는 소문으로 들어 잘 알고 있다.

"볼은…… 귀여워서 그런 거지. 나 우영이 좋아하거든. 귀엽잖아."

여자아이의 말에 반장의 얼굴이 딱딱하게 굳는다. 반장은 좋아한다는 말은 그렇게 쓰면 안 되는 말이라고 생각한다. 적어도, 좋아한다는 말은.

"아. 좋아하면 원래 그렇게 볼 잡아당기고 숙제 베

끼는 걸로 모자라 대신 해 달라고 하는 거구나."

"뭐?"

"근데, 쌤들도 그렇게 생각할까?"

잔뜩 비꼬인 반장의 말투에 여자아이는 당황한 나
머지 말을 더듬는다.

"네, 네가 무슨 상관이야? 너한테 부탁한 것도 아
니고, 우영이가 해 주겠다는데. 네가 우영이 여친도
아니고 엄마도 아니잖아."

"맞는데."

"뭐?"

"우리 사귄다고. 그러니까 김우영 건드리지 마."

9

"헐. 내가 방금 엄청난 개소리를 들었는데, 애들이 너랑 타노스랑 사귄대! 대박이지."

아침부터 요란을 떨며 달려온 형수가 소리치자 우영이 괴로운 듯 머리를 움켜쥔다.

"그런 거 아니야."

"그치, 아니지? 안 그래도 내가 말이 되는 소릴 하라고 따끔하게 얘기하고 왔어. 타노스가 눈이 여기 붙은 것도 아니고 미쳤다고 너랑. 안 그러냐?"

형수가 뒤통수에 손가락을 갖다 대며 말한다. 잔뜩 장난 섞인 말투지만 우영은 장난을 받아 줄 생각이 없다.

"에휴."

"뭐야. 웬 한숨? 애들이 놀릴까 봐 그래? 야, 걱정하지 마. 반장이 나서서 다 해결할 텐데 뭐가 걱정이야."

형수의 위로는 우영에게 아무런 위로도 되지 않는다.

"아니 근데, 어쩌다가 그런 말도 안 되는 소문이 돌지? 소문이라도 좀 그럴싸해야 믿지. 누구 머리에서 이런 괴소문이 만들어졌냔 말이지."

"반장이 직접 그랬어."

"그러니까 반장이 직접 얘기를…… 뭐, 뭐?"

당장이라도 눈이 터질 듯 커진 형수와 한숨을 내쉬는 우영의 모습에 나도 모르게 웃음이 난다.

"반장이 나 도와주려고……."

어제 학원에서 있었던 일을 얘기하던 우영의 입에서 다시 한숨이 새어 나온다. 이야기를 가만히 듣고 있던 형수는 마치 처음 보는 영어 단어를 바라보듯 우영을 바라본다.

"잠깐. 그러니까 너랑 같은 학원에 다니는 그 여자애가 널 좋아한다면서 볼을 꼬집었다고? 아니 왜? 뭐 때문에? 왜 널?"

"지금 그게 중요한 게 아니잖아."

우영이 괴로운 듯 머리를 헝클지만, 그러든 말든 형수는 꽤나 충격받은 눈치다. 여자가 볼을 꼬집다니, 좋아한다고 말했다니. 아주 잠깐이지만 형수는 우영이네 학원에 등록을 해야 할지 말아야 할지 고민을 한다.

"됐어, 됐어. 괜찮아. 누가 너랑 타노스랑 사귄다는 말을 믿겠냐. 혹시나 누가 믿는다고 해도 상황이 이렇게 됐다, 얘기하면 되지."

"그렇겠지?"

"당연하지. 그리고 애들이 나대면 반장이 가만히 있겠냐. 걱정하지 마!"

그리고 정확히 점심시간이 지나기 전까지 형수는 본인이 내뱉은 말을 주워 담고 싶어진다. 우영은 점심시간 전까지 적어도 백 번은 반장이랑 사귀냐는 물음을 들어야 했고, 가만히 있지 않을 것 같던 반장은 아무런 반응도 보이지 않았다. 그도 그럴 것이 아무도 반장에게 우영과 사귀냐고 감히 묻지 못했고, 만만한 우영에게만 온갖 질문과 놀림이 쏟아졌던 탓이다. 게 다가 진짜 문제는 아무도 우영의 말에 귀를 기울이지 않는다는 것이었다.

"반장이랑 사귄다며? 오—"

"아, 아니 그게 아니라……."

"솔직히 말해 봐. 너 반장한테 타노스님 한 대만 때려 주세요, 그러냐?"

"야, 그만해. 지 남자친구 건드렸다고 타노스가 알면 다 죽이려고 그럴걸."

"헐 맞네. 야, 미안. 타노스한테 이르지 마라. 이제부터 김우영이 아니라 타노스 남친님이니까 잘해야지."

이런 식이지 뭐. 늘 그렇듯이 사람들은 믿고 싶은 대로 믿고 하고 싶은 대로 지껄이기 마련이다. 이런 일들이 계속되자 우영은 거의 자기 머릴 뽑으려 하고, 그걸 지켜보던 형수도 사태의 심각함을 받아들이는 중이다.

"그냥 타노스한테 아니라고 말해 달라고 하면 안 되냐?"

"어떻게 그래. 나 도와주려고 거짓말해 준 건데. 그리고…… 나 반장 무섭단 말이야."

우영의 대답에 형수가 답답하다는 듯 말한다.

"그래서 계속 이러고 산다고?"

"그럼 어떡해. 아무도 내 얘기는 안 듣는데."

당장이라도 울음을 터트릴 것 같은 우영을 가만히 바라보던 형수가 기가 막힌 생각이라도 났다는 듯 우영의 등짝을 내리친다.

"넌 인마, 진짜 나한테 잘해야 돼."

뜬금없이 무슨 소리냐는 듯한 우영의 시선에 형수가 은밀한 미소를 짓는다.

"너 그냥 반장한테 고백해라."

"뭐?"

"진짜 고백 말고 장미꽃 주면서 이벤트 같은 거 해 주라고. 그럼 반장이 어쩌겠어? 어디서 개수작이냐고 막 쌍욕을 하겠지?"

우영이 고개를 마구 끄덕인다.

"그럼 게임 끝. 사귄다는 소문 대신에 네가 까였다는 소문이 나긴 하겠지만 어쨌든 사귀는 건 아닌 게 되잖아. 타노스 남친이라는 놀림도 안 들어도 되고."

확신에 찬 형수와 달리 우영은 그게 정말 해결 방법이 되긴 할는지, 영 감이 잡히지 않는다.

"잘 생각해 봐. 솔직히 반장도 괜히 사귄다고 해 줬다가 얼마나 후회하고 있겠냐. 너 반장이랑 사귄다는 소문이 나아? 네가 까였다는 소문이 나아?"

마치 오른쪽 뺨을 맞을지 왼쪽 뺨을 맞을지 고르라는 듯한 질문에 대답하지 못하는 우영에게 형수가 대신 답을 한다.

"당연히 까였다는 소문이 낫지. 까이고 나면 끝이잖아. 사귀네 마네 말 나올 게 없다니까. 잠깐 쪽팔리면 되는 거야."

"그⋯⋯런가?"

"당연하지! 아, 나 가끔 보면 천재 같지 않냐."

그렇게 둘은 반장에게 욕을 먹기 위해 이벤트를 꾸미기로 한다. 도대체 왜, 이런 어이없는 계획을 짜냐고 물어보면 내가 할 수 있는 대답은 하나뿐이다.

이게 이 녀석들의 매력이라니까.

"잘할 수 있지?"

한껏 신나 보이는 형수와 달리 우영은 똥이라도 씹은 얼굴이다. 형수는 우영의 표정이 굳어 갈 때마다 배꼽이 떨어져라 웃어 대고 있다. 왜냐고? 그야 당연히 오늘이 바로 반장에게 이벤트를 하기로 한 날이고, 반장의 성격은 전교생이 알아주기 때문이다. 건드리면 지구 반을 멸망시킬 듯 군다고 해서 타노스가 됐으니 뭐. 우영이 장미를 주고 난 뒤 상황은 안 봐도 뻔하다.

형수는 입 모양으로 파이팅을 외치고 우영은 자신의 운명을 안다는 듯 가운뎃손가락으로 신호를 보낸다. 둘은 이제 학원 자습실에 들어가 세상에서 가장 바보 같은 이벤트를 할 참이다.

"이거 진짜 해야 돼?"

우영이 살려 달라는 듯 형수에게 애절한 목소리로 묻는다.

"당연히 해야지."

"나 진짜 쪽팔리단 말이야."

"야, 한 번 쪽팔린 게 낫다니까."

하아. 우영이 깊은 한숨을 내쉰다. 반장은 학원 자습실에서 자습을 하고 있고, 우영은 남들 다 공부하는 자습실에 장미 한 송이를 들고 가 무릎을 꿇어야 할 판이다. 어쩌면 다시는 이 학원에 다니지 못할지도 모른다.

"알겠어. 근데 '내 신부가 되어 줘' 그건 진짜 아니지 않아?"

"오케이. 그럼 '내 공주가 되어 줘', 그걸로 해. 그것도 있었어. 인터넷에 찾아봤다니까. 여자들이 제일 싫어하는 게 사람들 많은 데서 공개 이벤트 하는 거래. 공주가 되어 달라고 하면 반장이 무조건 쌍욕부터 할걸?"

형수의 냉정한 말에 우영의 입에서 다시 한숨이 튀어나온다.

"우영아, 걱정하지 마. 우리 엄마가 대만에서 사 온 호랑이 연고도 챙겨 왔어. 이거 완전 효과 짱이래."

"어디에 효과가 좋은데?"

"타박상. 혹시 반장이 때리더라도 문제없어."

정말이지 녀석들의 이런 면이 날 웃게 만든다. 바보 같은 생각이야 누구나 할 수 있지만 실천으로 옮기는 사람은 드물다. 하지만 이 두 녀석은 진짜로 해내고야 만다.

"아 진짜……."

장미꽃 한 송이를 손에 쥔 우영이 바싹바싹 말라 오는 입술에 침을 묻힌다. 후아. 숨을 크게 들이켜던 우영이 도저히 못 들어가겠다며 고개를 절레절레 흔들자, 형수가 과감히 자습실 문을 열고 우영을 안으로 밀어 넣어 버린다.

•

"하아, 하아."

지옥에서 벗어나기 위해 은재는 달리고 또 달린다. 엄마가 떠난 후, 아빠의 폭력이 온전히 자신의 몫이 된 이후로 늘 그래 왔던 것처럼.

은재는 그냥 달리는 법이 없다. 아빠가 뒤에서 쫓아오고 있는 것처럼 죽을힘을 다해 달린다. 달리다 보면 심장이 터질 것같이 뛰고 목이 찢어질 것처럼 갈증이 나지만, 아직 살아 있다는 걸 알게 된다. 아빠의 주먹이, 발길질이 영혼을 갉아먹고 조금씩 죽어 가게 만들지만 그래도 아직은 이렇게 살아 있다고.

인생은 역겹게만 굴러간다.

그 정도 괴롭혔으면 은재에게도 행복이란 걸 쥐여 줄 만도 하지만 인생은 아무것도 하지 않는다. 그저 은재가 말라 가고 죽어 가는 것을 멍하니 바라보기만 할 뿐이다.

그리고 또 한 명. 인생은 두 아들을 둔 가장의 직장을 빼앗으려 하고 있다.

"아니, 그러니까 말이 되는 말씀을 하셔야죠. 여기가 무슨 햄버거 가게도 아니고, 이겨라 그러시면 네, 여기 있습니다 하고 나오는 게 아니잖아요. 거참, 말씀 이상하게 하시네. 제가 지금 변명을 하는 게 아니라 사실을 얘기하는 겁니다, 사실을."

최 감독에게는 마지막 기회라는 통보가 날아온 상태다. 그 와중에 두 명의 학생이 축구를 그만두겠다고 했고, 열한 명이 뛰는 경기에 열 명만 남은 상태였다. 아이돌을 하겠다며 줄을 서는 아이들은 백한 명이 넘지만, 망해 가는 축구팀에서 선수로 뛰겠다는 여중생은 찾아보기 어렵다.

"그러니까 제 말은, 시간을 조금만 더 주시면……."

인생은 자주 장난질을 하고, 나는 아주 가끔 기회를 던져 준다. 하지만 사람들은 자신에게 어떤 기회가 왔는지 알지 못한다. 용서받을 기회, 달라질 기회, 인생을 송두리째 바꿔 줄 기회들.

나는 가볍게 최 감독의 뒤통수에 바람을 불어 넣는다. 바람결에 최 감독은 찡그린 얼굴로 뒤를 돌아본다. 그리고 바람처럼 달려가는 한 소녀를 발견한다. 소녀의 모습에 찡그렸던 얼굴은 사라지고 동공이 점점 커져 간다. 지금 최 감독은 누군가 뒤통수를 내리친 충격에 사로잡혔고 그건 내가 준 기회다.

최 감독의 발걸음이 빨라진다.

"하아, 하아."

집에서 반대편 방향. 20분을 쉬지 않고 뛰어야 나오는 여중이다. 은재는 여기까지 뛰어온 것도 모자라 운동장을 힘껏 질주한다.

숨을 거칠게 내뱉는 은재 앞으로, 나는 낡아 빠질 대로 낡아 너덜너덜해진 축구공 하나를 슬쩍 밀어 넣는다. 은재는 자신의 발밑으로 굴러온 공을 바라본다.

너덜너덜하고 볼품없는, 주인이 누군지도 모를 공을 보는 순간 은재는 분노 비슷한 감정을 느낀다. 흠씬 두들겨 맞아 이제 제 모습조차 남아 있지 않은 공이 꼭 자기 자신 같다. 은재는 공을 노려보다 있는 힘껏 멀리 차 버린다.

뻥.

공은 포물선을 그리며 저 멀리 날아가 최 감독의

머리 위를 지나간다. 은재의 비참한 삶도 저렇게 멀리 날아가 버리길, 나는 바라고 또 바란다. 내가 지금 이 두 사람의 인생에 할 수 있는 일은 여기까지다.

"이봐 학생, 공을 함부로 차면 위험하지."

최 감독이 다가오는 동안, 은재는 숨을 몰아쉬며 자신의 앞으로 걸어오는 기회를 바라본다. 잔뜩 경계하고 몸을 움츠린 채로.

"우리 학교 학생 아니네. 뭐야, 은광중 체육복이잖아. 우리 아들도 은광중 다니는데."

"……"

"몇 학년? 우리 아들이랑 체육복 색깔 똑같은 거 보니까 2학년이네. 맞지?"

최 감독이 능청스러운 웃음을 지으며 말을 걸 때마다 은재의 눈에 힘이 들어간다. 꼭 가시를 세우고 있는 고슴도치처럼, 절대로 곁을 내주지 않겠다는 듯이.

"너 우리나라 청소년 100미터 달리기 기록이 몇 초인지 알아?"

"관심 없는데요."

"하긴 나도 관심 없어. 그게 뭐가 중요하냐. 네가 빠르다는 게 중요하지. 안 그래?"

이 낯선 남자가 자신에게 왜 이리 다가오는지 은재는 단번에 알아차린다.

"육상 안 해요."

단호하고 냉정하게 한 말이었다. 그런데 어찌 된 일인지 이 남자는 육상을 안 한다는 말에 얼굴이 더 환해진다.

"육상 안 해? 잘됐다 야. 그럼 뭐, 다른 운동은?"

"운동 안 한다니까요."

은재가 짜증 섞인 대답을 던지지만, 최 감독의 얼굴은 환해지다 못해 행복해 보이기까지 한다.

"운동 안 하는구나. 잘됐네! 너 나랑 축구하자."

"싫은데요."

은재의 입에서 거절의 단어가 튀어나와도 최 감독은 여유롭게 웃는다.

최 감독이 여자중학 축구 감독을 하면서 '네 할래요!'라고 대번에 말한 선수는 단 한 명도 없었다. 2년 전을 마지막으로 승리라고는 그림자 구경도 못 해 본 팀이라면 더더욱 그랬다.

"누가 선수 하래? 그냥 수업 끝나고 우리 학교 와서 지금처럼 공도 좀 차고 놀면 재미있잖아."

최 감독은 능청스럽게 웃는다. 원래 세상일이 다 그런 거 아니겠어? 처음엔 공놀이 좀 하다가 친구 좀 만들고, 하하호호 웃다가 땀 좀 같이 흘리다 보면 자연스럽게 우정이라는 게 싹트기 마련이고, 그러다 보면 이제는 발을 떼려고 해도 뗄 수 없는 상황까지 가게 되는 법이다. 하지만 그런 당연한 일들이 은재에게 먹혀들 리 없다.

"그것도 싫은데요."

10

"고마워. 타노스랑 진짜 사귀게 해 줘서."

정신이 나간 듯한 우영의 말에 형수는 애써 위로의 말을 찾으려 눈알을 마구 굴린다. 나는 그 모습에 배를 잡고 깔깔 웃는다. 이 두 바보가 시작한 일이 녀석들의 인생을 어떻게 바꿀지 벌써부터 궁금해진다.

"그, 그래도 모태솔로는 벗어났잖아."

형수의 위로에 우영의 얼굴은 거의 울기 직전으로 일그러지고, 형수는 다 안다는 듯 우영의 어깨를 토닥인다.

"나 이제 어떡해?"

"괜찮아, 인마. 뭐 설마 타노스가 잡아먹기야 하겠냐."

말은 그렇게 했지만 형수 역시 앞이 깜깜한 건 마찬가지다.

두 녀석은 고백이나 다름없는 이벤트가 받아들여질 거라고는 단 한 번도 생각해 본 적 없다. 근데 뜬금없이 반장이 그걸 받아 주다니. 사람의 마음이란 참 알다가도 모를 일이다.

그러니까 이게 어떻게 된 일인지 말하자면, 고백을 하던 그 순간으로 다시 돌아가 봐야 한다.

형수가 밀치는 바람에 학원 자습실에 떠밀리듯 들어가게 된 우영은 다른 아이들의 시선을 한눈에 받았다. 우영은 침을 꿀꺽 삼켰고 그건 형수 역시 마찬가지였다. 친구가 몹쓸 짓을 당하는 걸 차마 지켜볼 수 없었던 형수는 눈을 질끈 감았다. 문제는 쌍욕이 날아오고도 남을 시간인데 아무 소리도 들리지 않는다는 거였다.

왜 이렇게 조용하지? 형수가 슬쩍 실눈을 떴을 때 이상한 장면이 눈앞에 펼쳐져 있었다. 성격이 불같기로 유명한 타노스가 우영이 내민 장미를 가만히 내려다보고 있는 게 아닌가. 심지어 귀까지 빨개진 것처럼 보였는데 어쩐 일인지 그게 영, 화가 난 모습처럼 보이지는 않았다.

"저, 저기 반장, 그게 아니라."

반장은 여전히 아무 말이 없었다. 그저 장미꽃 한 송이를 가만히 내려다볼 뿐이었다.

이 반응은 뭐지? 우영은 지금이라도 형수에게 뭔가 잘못됐다는 걸 알려야 할 것 같았다. 하지만 반장의 다음 말 때문에 우영은 그대로 몸이 뻣뻣하게 굳고 입이 바싹 말라 오고 머리가 하얘졌다.

"고마워."

"아, 아니 그, 그게……."

당황한 우영이 형수를 바라보았다. 야, 이게 어떻게 된 거야! 형수는 눈을 깜박이다가, 대사! 그래, 대사를 안 했네! 말해, 말! 손짓으로 신호를 보냈다. 척하면 척, 알아들은 우영이 뒤늦게,

"내, 내 공주가 되어 줘."

라고 말했고 잠시 정적이 찾아왔다.

그래, 이제 됐어. 이제 됐다고! 이 정도면 장난인 걸 알 테고, 반장이 열받아서 뭐 하는 짓이냐고 쌍욕을

날릴 테고, 그럼 둘이 사귄다는 소문도 언제 그랬냐는 듯 없어질 터였다.

근데 이게 웬걸.

"오오―"

뭔데, 분위기 왜 좋은데? 야, 오오 하지 말라고! 쉿쉿. 형수가 뒤늦게 좋아지는 분위기를 잡아 보려 애썼지만, 형수의 노력과는 달리 주변에서 박수가 터져 나오고 환호성까지는 아니어도 응원하는 소리까지 나오기 시작했다.

늘 그렇듯 인생은 만만한 것이 아니었다. 언제나 예상을 뒤엎고 뒤통수를 향해 날아오는 인생이란, 정말 알다가도 모를 일이었다.

"아 씨, 이게 아닌데……."

뭐, 이렇게 된 일이다. 그리고 지금 둘은 벌여 놓은 일을 어떻게 수습해야 할지 몰라 초조하게 시간을 보내는 중이다.

"너 어제 내 전화 왜 안 받았어?"

교실로 들어선 반장이 곧장 우영에게 다가가자 여기저기서 요란한 소리가 터져 나온다. 오― 공개 커플! 어제 학원에서 일어난 일은 쓰나미가 몰려오듯 순식간에 소문으로 퍼졌다. 하지만 요란한 소리도 반장의 따가운 눈초리 한 방에 조용해지고 만다.

"어?"

"전화 왜 안 받았냐고."

반장의 말에 우영은 불에 덴 사람처럼 화들짝 놀란다. 원하지 않았던 고백에 성공했다는 두려움에 타노스의 부재중 전화가 있었다는 사실을 완전히 잊어버리고 있었던 것이다.

"그, 그게……."

여자가 먼저 전화를 건 건 처음이라고 해야 하나, 아니면 사실 나는 네가 좋은 게 아니라 무섭다고 해야 하나.

우영은 머릿속에 수많은 대답들이 뒤엉켜 결국 한마디도 하지 못한다.

"따라 나와."

잠깐만. 보통 따라 나와, 라는 대사는 애를 두들겨 패거나 뭔가를 빼앗거나 막 괴롭히기 위해 하는 말이 아니던가. 우영은 반장의 별명이 타노스라는 사실을 다시 한번 떠올리면서 동시에 코앞에 다가온 미래가 걱정되기 시작한다. 우영이 살려 달라는 의미로 형수를 바라보지만 형수는 그저 어색한 미소만을 지은 채,

"얼른 갔다 와."

라고 할 뿐이다. 반장은 저만치 앞서 교실 문 앞에서 기다리고, 우영은 진짜 이대로 따라가도 되는 건지, 잠깐만 나한테 용돈이 얼마 있더라, 뭐 이런 생각을 하고 있다.

"뭐 해? 빨리 안 오고."

우영이 조심스럽게 주춤, 일어서자 둘의 대화를 들은 반 아이들의 입에서 오— 하는 감탄사가 또 한 번 터져 나온다. 반장은 고개를 까딱하며 어서 오라는 신호를 보내고, 그걸 본 아이들은 카리스마가 어쩌고 간지가 어쩌고 하면서 다시 오오— 하는 소리를 터트린다.

우영은 억지웃음을 지으며 형수에게 도와 달라는 간절한 눈빛을 다시 보내지만 형수는 조심스럽게 오른손을 올려 흔든다.

잘 갔다 와. 부디 살아서 보자, 친구.

우영이 할 수 있는 일이라고는, 자신의 위험을 눈감

아 주다 못해 손까지 흔들어 대는 친구에게 죽어라 원망의 눈길을 남기고 떠나는 것뿐이었다.

"쫄지 마. 내가 잡아먹니?"

"아, 아니. 나는 그냥 어디로 가나 해서."

"교무실에, 수행평가지 가지러."

"수행평가지?"

"응. 저번에 한 거. 같이 들어 줄 수 있지?"

"으응."

"너 아침 먹었어?"

"아니. 안 먹었는데."

그런 건 왜 묻는 걸까. 혹시 때리려고 물어보나. 주먹 한 방 먹였을 때 내가 토할까 봐 걱정돼서? 아니겠지. 에이, 설마.

그때 반장의 주먹이 불쑥 우영의 눈앞으로 다가온다. 놀란 우영이 어깨를 움츠리고 거북이처럼 목을 숨기고 만다. 그럼 그렇지! 내가 이럴 줄 알았……

"뭐 해. 이거 먹으라고. 너 아침 안 먹었다며."

반장이 내민 것은 주먹이 아니라, 분홍색 딸기우유다. 우영은 우유를 한참 동안이나 바라본다.

"시험을 그따위로 치고도 배는 고픈가 봐? 나 같음

미안해서 못 먹겠다, 미안해서."

오늘 아침 가시 돋친 엄마의 말은 우영의 목구멍
을 콱 틀어막고 아무것도 삼킬 수 없게 만들었다. 학
원에서 한 단계 높은 클래스에 올라가는 일이 그렇게
어려운 일이냐고 되묻는 엄마의 말에 우영은 밥 한 숟
갈도 뜨지 못한 채 학교로 와야 했다.

'이거 먹으라고. 너 아침 안 먹었다며.'

반장의 목소리가 메아리처럼 자꾸만 울려 퍼져 우
영의 귓가로 스며든다.

"너 어디 아파?"

"아, 아니."

"근데 자꾸 왜 그래. 쪼다같이."

"미, 미안."

아주 짧은 순간 우영의 두 뺨이 딸기우유처럼 발그
레하게 변한다. 쪼다라는 말을 들어서 창피한 건지,
그게 아니면 왜 두 뺨이 빨개지는 건지 우영도 자신
을 알 수 없다.

"큰일 났어."

우영이 반쯤 넋이 나간 채 교실로 돌아온다. 한 손

에는 반장이 준 딸기우유가 들려 있다.

"그건 뭔데?"

궁금해 죽겠다는 듯한 형수의 물음에 우영이 쓰러지듯 책상 위로 엎드린다.

"반장이 이거 주더라."

"우유를 왜? 설마 이걸로 때린대? 딸기우유잖아. 흰 우유가 빨개질 때까지 맞을 준비 하래?"

"아니."

우영은 차라리 그랬으면 별로 고민이 되지도 않을 거라는 듯 울상이 된다.

"나 배고프다고 이거 먹으래."

"뭐?"

우영이 얼굴을 잔뜩 구기자 형수는 안 맞았으면 됐지 뭐가 문제냐고 묻는다. 그런 형수가 답답하다는 듯 우영이 가슴을 쿵쿵 내리치며 말을 잇는다.

"반장이 나 진짜 좋아하나 봐. 나 아침 먹었나 안 먹었나, 그것까지 신경 쓰더라. 하아. 이제 진짜 큰일 났어."

우영은 죄책감 가득한 표정이고, 형수는 그러니까 그게 왜 문제냐는 표정이다.

"그게 큰일인 거냐?"

"그럼 당연하지. 너희 부모님 말고 너 아침 먹었나 안 먹었나 걱정한 사람 있어?"

"없지."

"그러니까. 진짜 이제 어쩌지. 난 관심 없다고 말해야 하나. 괜히 그렇게 말했다가 반장이 상처 입으면 어떡해?"

"뭔 개소리야. 그냥 사귀면 되지. 모솔도 벗어나고 새꺄."

"진심이 아닌데 어떻게 그래, 진심이."

우영이 답답한 듯 다시 가슴을 내리치지만 그러든 말든 형수의 시선은 은재에게 가 있다. 은재의 손에 낯익은 열쇠고리가 들려 있어서다.

동그란 축구공이 달려 있는 작은 열쇠고리.

낯익다 못해 친숙한 열쇠고리다. 은재가 들고 있는 것과 똑같은 열쇠고리가 형수의 책가방에도 달려 있다.

에이, 설마. 형수는 고개를 저으며 그럴 리가 없다고 생각한다. 하지만 설마가 사람 잡는다는 뻔한 이야기가 어쩐지 자꾸만 섬뜩하게 다가온다.

그럴 리가 없을 텐데⋯⋯. 형수는 손톱을 질근질근 깨물며 은재를 바라본다.

11

형수는 손톱을 질근질근 깨물고 있다. 아주 어릴 적부터 고민이 있거나 초조할 때마다 나오는 버릇이다. 그걸 형수의 엄마가 놓칠 리가 없다.

"왜, 무슨 일인데?"

"뭐가."

"너 또 손톱 깨물고 있잖아. 이번에는 또 뭔데?"

"아무것도 아니야."

"그냥 말해. 속에 담고 있다가 병 된다."

엄마가 찌개를 식탁 위에 올리더니 곧이어 형수 앞에 높게 쌓은 고봉밥을 놓는다. 형수의 엄마는 이런 식으로 애정과 걱정을 표현한다.

"밥 너무 많아."

"많으면 먹고 남겨."

형수의 엄마는 도대체 무슨 일이냐고 닦달하며 묻는 법이 없다. 늘 대수롭지 않다는 얼굴로, 별일 아니라는 말투로 슬쩍 묻기만 할 뿐이다. 아들이 먼저 대답하기 전까지 조바심 내는 경우도 없다. 하지만 그렇다고 해서 걱정을 하지 않는 건 아니다. 속으로는 백 번도 더 묻고 또 물어서 아들에게 무슨 일이 있는 건 아닌지 알아내고 싶지만, 훌쩍 커 버린 아들이 더 멀어질까 참고 또 참는 것일 뿐이다.

어릴 땐 묻지 않아도 미주알고주알 참새가 짹짹대듯 이야기를 하던 큰아들이었다. 초등학교 6학년쯤 서서히 말수가 줄어들더니 중학생이 되고 나서는 도통 자기 이야기를 하려 들지 않았다.

엄마는 사춘기 이후 조금씩 멀어지는 아들을 꼭 껴안고 그대로 있어 달라고 말하고 싶지만 그랬다간 아들이 더 멀리 훌쩍 떠나 버릴 것만 같다. 아이를 키운다는 건 이토록 어려운 일이다. 이제 조금 적응할라치면 아이들은 또 훌쩍 커 저만큼 앞서 가 있다.

"에계. 난 요것만 줘? 형아는 저렇게 많이 주고."

이제 일곱 살 된 형수의 동생 형우다. 형우는 일곱 살치고는 지나치게 똑똑하고 똑 부러지는 아이다. 형수는 일곱 살짜리가 자신보다 똑 부러진다는 점이 아주 못마땅하다.

만약 형우에게 인생이 말도 안 되는 수작을 부린다면, 형우는 인생을 불러다가 도대체 왜 그런 일을 하느냐고 따져 물을 것이다. 두 번 다시 인생이 헛수작을 부리지 못하도록 온종일 따끔한 잔소리를 퍼부을지도 모른다. 그러고도 남을 아이다.

"넌 작잖아. 형처럼 못 먹어."

"그거 편견이야! 작아도 먹을 수 있어. 나도 줘."

이번 주 형우가 새로 배운 말은 편견이다. 형우는 일주일에 한 번 어려운 단어를 배우고 시도 때도 없이 써먹는다. 어서 빨리 형처럼 되고 싶어서지만 형수는 그 사실을 알지 못한다.

"쪼그만 게 배 터져 죽고 싶냐?"

"형도 거인에 비하면 쪼그맣거든!"

"세상에 거인이 어디 있냐."

형수의 말에 형우는 입을 다문다. 이로써 세상에 거인이 없다는 걸 처음 알게 된 셈이다. 분명 세상 어딘가에 거인이 꽁꽁 숨어서 산다고 했는데, 유튜브에서 어마어마하게 큰 거인의 뼈 영상도 분명히 봤는데…… 하지만 형우는 확실한 증거를 잡기 전까지는 함부로 입을 열지 않는다. 일곱 살치고는 아주 신중한 편이다.

"어디서 맛있는 냄새가 나나 했더니 우리 집이었네."

늦게 퇴근을 한 아빠가 서둘러 주방으로 걸어온다. 늘 운동복 차림인 아빠는 훈련 때문에 땀에 전 냄새가 나지만, 아이들에게는 이제 당연한 냄새로 느껴진다. 아빠는 배고프다는 말과 함께 형수의 밥그릇을 슬쩍 끌어당겨 먹기 시작한다. 어딘지 신나 보이는 모습에 형수는 꿀꺽 침을 삼킨다.

"어우, 된장찌개 죽인다."

아빠는 숟가락으로 밥을 퍼 한입 가득 넣고 삼킨다.

"아빠, 혹시 우리 학교에서 축구공 나눠 준 적 있어?"

"축구공? 아니."

휴우. 난 또. 형수는 안도의 숨을 내쉰다. 하긴, 아

빠의 축구공 열쇠고리가 세상에 하나뿐인 것도 아니
~~~~~~ ~~~ ~ ~~~ ~~~~? 오다가다 주웠을 수
도 있지. 형수는 한결 가벼운 ~ ~~~~~ ~~~
잘 구워진 햄을 집어 든다.

"당신 뭐 좋은 일 있어?"

요 며칠 입맛이 없다며 밥도 잘 먹지 않던 아빠다.
갑자기 입맛이 돈다는 건 다시 일이 잘 풀린다는 의
미다.

"기분 좋을 일이 있지. 내가 공룡 하나를 발견했
거든."

"공룡?"

"어. 아직 초보긴 한데, 잘만 연습시키면 아주 크
게 될 것 같아."

~~~~~~ ~~~~ 듣던 중 반가운 소리다

~그럼 아빠 ~ ~ ~~

형우의 물음에 아빠가 밝게 웃는다.

"없어지긴 왜 없어져. 내년에 전국소년체전에도 나
갈 건데. 맞다, 그 여자애 형수네 학교 다니더라."

케엑, 켁. 콜록 콜록.

아빠의 말에 형수의 목에 햄이 걸려 넘어가지 않

는다.

"어머, 괜찮아?"

엄마가 서둘러 물을 내밀고 등을 두드리는 사이 아빠는 신나서 말을 잇는다.

"걔가 달리기가 얼마나 빠른 줄 알아? 깜짝 놀랐다니까. 공 차는 힘도 있더라고. 근데 육상도 안 하고 다른 운동도 안 한대. 타고난 거지!"

"그 누나가 축구한대?"

형우의 물음에 마치 기다리고 있었다는 듯 아빠의 입꼬리가 올라간다.

"그럼 하지! 아빠가 행운의 열쇠고리도 줬는데, 눈이 빤짝빤싹하더라니까. 두고 봐, 이번에 훈련 잘해서 내년에는 확실하게 성과 볼 거니……"

"안 돼!"

"형우야 상대가 안 되면 너가 안 돼."

"개는새는 안 돼, 아빠."

"뭐야. 형수 너 아는 애야?"

"아 몰라, 몰라. 하여간 걔는 안 돼."

"왜? 걔가 다른 운동 한다 그러냐?"

"아니, 그게 아니라."

"그럼 됐다. 다른 운동만 안 하면 돼."

"아빠, 김은재는 운동을 할 수가 없어. 집안 환경 상…… 아니, 하여간 그런 사정이 있다니까."

형수는 결혼을 반대하는 드라마 속 시어머니처럼 단호하게 고개를 젓고 아빠는 본척만척 밥 한술을 더 뜬다.

"왜? 걔네 집이 좀 어렵냐?"

•

"너 육상부 안 할래?"

초등학교 시절 육상부에 들라는 제안을 받은 적이 있었다. 육상부 감독은 은재에게 아주 재능이 있다고 했고 그건 태어나서 처음으로 듣는 칭찬이었다. 그 시절, 누군가 어떻게 그렇게 빨리 달릴 수 있느냐고 물으면 은재는,

"뒤에서 괴물이 쫓아오거든요."

하고 대답했다.

누구든 무서운 괴물이 쫓아오면 죽기 살기로 도망치기 마련이니까.

"누구 마음대로, 뭘 해?"

95

하지만 괴물은 끝까지 은재 뒤를 쫓았다. 은재의 아빠는 육상부까지 찾아와 감독을 협박했고 중요한 경기가 있는 날 은재를 방 안에 가둬 아무 곳에도 나가지 못하게 했다. 뭐든 다 때려 부수는 성미 그대로 은재의 꿈도 단번에 때려 부쉈다.

그 뒤로 은재는 아무것도 꿈꾸지 않기로 했다. 처참히 부서져 버릴 거라면 차라리 처음부터 없는 게 편하니까.

사실 은재는 꿈이 많은 아이다. 가족들과 모여 밥을 먹는 것, 엄마에게 잔소리를 듣는 것, 아빠에게 퉁명스럽게 장난을 걸어 보는 것, 우리 딸 왔어? 라는 다정한 말을 들어 보는 것. 누군가에게는 평범한 일상이 은재에겐 꿈이었다. 감히 꿔 보지 못할 만큼 큰 꿈. 형수는 은재가 꿈꾸는 완벽하게 평범한 집에서 평범하게 살아가고 있는 셈이다.

'그래. 나 공부도 못하고 쪽팔린 것도 모르는 찌질이다. 그래도 난, 무서운 게 뭔지는 알아.'

무서운 게 뭔지 안다고? 아빠한테 맞을까 봐 집에 들어가지도 못하고 밖에서 밤새워 본 적도 없으면서 무서운 게 뭔지 안다고? 새끼 병아리처럼 엄마 품에 안겨서 툴툴대는 주제에 무서움을 안다고? 넌 죽어도 무서운 게 뭔지 몰라. 집에 들어오면서 이렇게 죽을 수도 있겠구나, 오늘은 정말 마지막일 수도 있지 않을까, 단 한 번도 생각해 본 적 없을 테니까. 은재는 형수의 말을 떠올리고 또 떠올린다.

'나는 무서워 죽겠어. 네가 또 아빠한테 맞을까 봐 무섭고, 내일 학교에 못 나올까 봐 무섭고, 그걸 다 알면서도 모른 척하는 나도 무서워.'

그럼에도, 그럼에도 형수의 말은 작은 위로가 된다. 은재는 입술을 깨물고 주먹을 쥔다. 은재의 주먹에 동그란 축구공 열쇠고리가 쥐어 있다. 축구 같은 건 한 번도 생각해 본 적 없지만 손 안에 뭔가를 가득 쥘 수 있다는 것만으로도 위로가 된다. 내가 맞을까 봐 두렵다는 그 아이의 말도 이렇게 꼭 쥘 수 있다면 얼마나 좋을까.

은재는 형수와 우영이 다른 아이들에게 아무 말도 하지 않았다는 걸 알고 있다. 어쩌면 다를지도 몰라…… 거기까지 생각이 미친 은재는 빠르게 고개를 젓는다. 괜한 희망은 좌절을 안겨 줄 뿐이라는 걸 알고 있어서다. 기대하지 않으면 실망할 필요도 없을 테니까. 은재는 다시 마음에 쇠창살을 내리고 자물쇠로 굳게 잠가 버린다.

덜컥, 쾅.

시끄럽게 현관문이 열리는 소리가 들린다. 혼자 생각할 수 있는 시간은 여기까지다. 은재는 재빨리 이불을 덮어쓰고 잠든 척을 한다.

"저년은 아빠가 왔는데 처자느라 내다보지도 않지."

둔탁한 무언가가 은재 머리를 맞히고 이불 위를 뒹군다. 아빠는 분명 눈에 보이는 대로, 손에 닿는 대로 던졌을 거다. 이번에는 신발이다. 그뿐이다.

"에이 씨발. 이래서 자식은 키워 봐야 소용없다고 하는 거야. 밥버러지 같은 년."

12

"소문 들었어? 김우영이 반장한테 장미꽃 주면서 이벤트 했다더라."

"대박. 그 찌질이가?"

"뭐라더라, 공주가 되어 달라고 그랬다던가."

"공주? 풉. 미친 거 아니야? 반장이 어딜 봐서 공주냐?"

푸하하. 교실에 웃음소리가 번진다. 아이들은 온갖 상스러운 말로 우영과 반장에 대해 떠들어 댄다. 그리고 그 순간 교실 문이 요란스럽게 열린다.

"야, 야."

누군가 재빨리 눈치를 주자 아이들의 시선이 한곳

에 집중된다. 뒷문에 반장이 딱딱한 표정으로 서 있다.

반장은 한쪽 눈썹을 올린 채 가만히 아이들을 바라본다. 따가운 시선에 아이들은 금붕어처럼 입을 뻥긋거리거나 눈을 깜박거리며 눈치를 살핀다. 반장은 한 명 한 명 얼굴을 기억하겠다는 듯 찬찬히 아이들을 바라보고, 경고의 의미를 담아 교실 문을 쾅, 소리가 나게 닫는다. 때문에 몇몇 아이들은 등골이 서늘해지는 기분을 느끼며 슬며시 고개를 돌린다.

반장은 아직 우영이 등교하기 전이라는 사실을 확인하고는 다행이란 생각을 한다. 착해 빠진 우영이 아니라 자신이 듣게 되어 다행이라고.

잠시 뒤 교실로 들어오던 형수와 우영은 어쩐지 교실이 이상할 만큼 조용하게 느껴진다. 시험 기간도 아닌데 누군가 얼음물을 끼얹기라도 한 것 같다.

"김우영."

"어?"

"너 아침 먹었어?"

반장의 물음에 우영이 빠르게 고개를 젓는다. 형수는 그런 우영을 향해 눈썹을 치켜올린다. 방금 학교 근처 편의점에서 컵라면에 삼각김밥, 핫바까지 먹고 온 둘이었기 때문이다. 배불러 죽겠다고 할 때 언제고 반장의 물음에 우영은 단 1초의 고민도 하지 않고 고개를 저었다.

"먹어."

반장이 딸기우유 하나를 우영에게 내밀고 무심하게 돌아선다. 반장이 저만치 멀어지자 형수가 재빨리 작게 속삭인다.

"방금 그거 살해 협박 같은 거 맞지? 우유 안 먹으면 죽이겠다, 뭐 그런 거."

우영은 대답 대신 반장의 뒤통수만 바라본다.

"너 쫄았지? 그래서 배불러 죽겠는데도 안 먹었다고 한 거지? 맞네. 이 새끼 쫄았네."

"아니야, 그런 거."

"아니긴, 쫄았으면서. 야, 됐어. 나도 아까 반장이 막 이렇게 다가오는데 오줌 지릴 뻔했잖아."

형수는 다 이해한다는 듯 우영의 어깨를 툭툭 친다. 사실 우영도 자신이 왜 그렇게 말했는지 알지 못한다. 형수 말처럼 반장이 무서워서 아침을 든든히 먹고도 먹지 않았다고 한 건지, 그게 아니면 반장의 손에 딸기우유가 들려 있는 걸 봤기 때문에, 그래서 거짓말을 한 건지. 가끔은 나도 내 마음을 잘 모를 때가 있는 법이다.

"어휴."

"에휴."

형수와 우영이 의자에 앉으며 동시에 한숨을 뱉는다. 한 사람은 반장을 바라보고 있고 다른 한 사람은 은재를 바라보고 있다.

"무슨 일 있냐?"

형수의 물음에 우영이 다시 한숨을 뱉는다.

"반장이 나보고 박보검 같대."

"뭐어?"

어젯밤 학원에서 있었던 일이다.

"김우영. 넌 살 좀 빠지면……."

반장의 말에 우영의 눈이 동그래졌다. 태어나서 지금껏 단 한 번도 자신이 뚱뚱하다고 생각해 본 적 없던 우영이었다.

"그래, 딱 5킬로만 빼면 박보검처럼 될 것 같아. 스치듯이 빨리 보면."

고개를 휙휙 저으면서 '스치듯이'라는 말을 강조하는 반장이었지만 그런 말이 우영의 귀에 들어올 리 없었다. 반장이 정말 나한테 빠져도 단단히 빠지고야 말았구나, 죄책감에 빠질 뿐이었다. 이제 어떡하지. 반장이 이렇게까지 날 좋아할 거라고는 생각 못 했는데.

우영의 이야기에 형수는 콧방귀를 뀐다.

"미친. 박보검이 되려면 살이 아니라 뼈를 깎아야 하는 거 아니냐. 반장 그렇게 안 봤는데 눈이 어떻게 됐나 보네. 병원부터 가 보라 그래."

"이 씨. 그러는 넌 아까부터 왜 한숨인데?"

우영의 물음에 형수의 입에서 다시 한숨이 나온다.

"김은재가 축구공 열쇠고리 들고 다녀."

"너희 아빠 거?"

"어."

"뭐야 그럼? 김은재, 아저씨 축구부 들어가는 거야?"

최 감독이 축구부에 들 여자아이들을 설득하기 위해 열쇠고리를 내민다는 걸 우영도 알고 있다. 요즘 누가 열쇠고리를 좋아하느냐고, 그것도 별로 귀엽지도 않은 축구공 열쇠고리로는 절대로 선수를 구하기 어려울 거라고 아무리 말해 봤자 소용없었다. 최 감독은 축구공에 선수들을 모으는 마법 같은 힘이라도 있다고 생각했으니까.

"근데 아저씨 축구부는 다른 학교잖아?"

"특기생인지 특별생인지, 전학시킬 수 있대."

"김은재 축구 잘해?"

"몰라."

"그래서 축구한대?"

"그것도 몰라. 다크나이트 성격이 지랄 같아서 못 물어봤어. 물어보면 또 미친개처럼 왈왈댈까 봐. 너도 알잖아."

형수의 말에 우영이 고개를 끄덕인다.

"근데 김은재가 축구하는 게 왜 문제야?"

"뭐?"

"할 수도 있는 거잖아."

우영의 물음에 형수의 입에서 탄식에 가까운 소리가 터져 나온다.

"야, 생각을 해 봐. 다크나이트가 축구하다 보면 몸에 멍든 것도 보일 거고, 그러다 보면 자연스럽게 쟤네 집에서 벌어지는 일도 알게 될 건데. 우리 아빠 성격에 가만히 있을 리가 없잖아."

형수의 말에 우영은 잠시 동안 아무 말도 하지 않고 은재의 뒤통수를 바라본다. 그리고 동시에 엄마를 생각한다.

"내가 나 좋자고 이러는 줄 알아? 다 너를 위해서 그러는 거 아니야, 널."

어디선가 화가 난 엄마의 목소리가 들리는 것만 같다. 우영은 귀를 틀어막고 싶어진다. 은재도 그럴지도 모른다. 아니 우영이 생각하는 것보다 훨씬 끔찍할 거다. 그래서 우영은 은재의 모든 게 조심스럽다.

"누구든 아는 게 더 낫지 않아?"

우영이 조심스레 다시 은재를 바라본다. 가끔은 엄마로부터 벗어날 수 있으면 좋겠다고 생각하곤 했다. 어쩌면, 어쩌면 은재도 그렇게 생각하고 있을지도 모른다.

"네가 몰라서 그래. 다크나이트가 저번에 뭐라 그랬는 줄 알아? 다른 사람한테 말하면 죽어 버린다고 했어. 진짜 그럴 것 같단 말이야."

"네가 직접 말하는 건 아니잖아."

"어?"

"난 그냥…… 차라리 잘된 것 같아서."

못난 어른들은 네 앞길이나 잘 챙기라고 할지도 모른다. 다른 사람 생각할 시간에 공부나 하라고, 너나 잘하라고 할지도 모른다. 자신들이 하는 말들이 비겁해지라는, 눈을 감으라는 말인 줄도 모르고.

그런 이야기를 듣고 자란 아이들은 시간이 흘러 비겁한 어른이 된다. 그렇게 또 다른 이름을 하고 또 다른 모습을 한 수많은 은재를 못 본 척하고 눈을 감으며 내 앞가림이나 잘하자고 생각할 것이다. 폭력 앞에서 창문을 닫던 누군가처럼, 알면서도 애써 모른 척해 왔던 매년 새로운 담임 선생님들처럼.

나는 두 녀석의 어깨를 툭툭 두드린다. 그리고 나는 언제고 아직 비겁해지는 법을 배우지 못한 두 녀석의 인생에 타이밍이 되고, 운이 되고, 행운의 여신이 되어 줄 생각이다. 녀석들은 아직 깨닫지 못하겠지만 상관없다.

인생은 길다.

*

인생도 하루도 길다.

학교를 마친 후에 은재는 아파트 단지를 여섯 바퀴나 돌았다. 집에 아빠가 있는지 없는지 알 수 없어서다. 집으로 들어가는 일조차 은재에게는 고된 일이다. 편히 쉴 수 있는 곳이라고는 하늘 아래에 없는 것만 같다.

정말이지 오늘만큼은 은재도 이불 속에 누워 아무 생각 없이 푹 자고 싶다. 아빠가 언제 올까 마음 졸이지 않고 그냥 다른 아이들처럼 편히 쉬고 싶다. 하지만 은재에게 그럴 수 있는 공간 같은 건 없다. 휴식은커녕 마음대로 집으로 들어갈 수조차 없다.

현관문 앞에서 은재는 몇 번이나 귀를 대고 소리를 엿듣는다. 지금 은재의 아빠는 TV도 켜지 않고 잔뜩 화가 난 채 술을 마시고 있다. 분풀이 대상을 찾아 조용히 숨을 내쉬고 있는 것이다. 하지만 그 사실을 알 리 없는 은재는 현관 안에서 아무 소리도 들리지 않는다는 사실에 안도한다. 나는 재빨리 은재의 뒷목을 손가락으로 슬쩍 쓰다듬는다. 그건 은재를 위해 내가 보내는 작은 경고다.

섬뜩한 느낌에 어깨를 움츠린 은재는 어쩐지 불길한 예감에 쉽사리 문을 열지 못한다. 그때 집 안에서 아빠의 가래 끓는 소리가 들려온다. 그 소리에 은재의 어깨가 축 처진다.

은재는 터덜터덜 힘없이 복도를 걷는다. 긴 복도가 마치 뱀의 배 속처럼 느껴진다. 아무리 걷고 또 걸어도 결국엔 뱀의 꼬리까지밖에 가지 못할 것만 같다. 은재는 어금니를 꽉 깨물고 이까짓 일에 울지 말자고 다짐한다. 괜찮아. 이런 일들 수십 번도 더 있었잖아. 별것도 아니잖아.

은재의 낡은 운동화가 움직이기 시작한다.

은재는 아빠에게서 멀어질 수 있을 만큼 달리고 또 달린다.

13

"감독님. 우리 없어져요?"

"누가 그래."

짧은 단발머리를 질끈 묶은 소녀가 퉁명스럽게 묻는다. 축구부 주장 지영이다.

지영은 최 감독을 따라 축구를 시작한 지 벌써 3년이나 됐다. 지영이 끝까지 학교에 남은 이유가 꼭 주장이라서 그런 건 아니다. 누가 뭐래도 축구팀에 애정이 깊어서다. 그렇지 않았다면 다른 친구들처럼 다른 학교로 전학을 갔을 것이다. 이번에도 두 명이나 전학을 갔지만 아무도 원망하지는 않았다. 고등부에 가서도 계속 축구를 하고 싶다면 여기 머무는 것보다 전학을 선택하는 게 맞을 테니까.

"선수가 없잖아요. 애들 나가고 후보 포함 열 명인데요. 감독님이 뛸 거예요?"

"그런 걱정을 네가 왜 해. 내가 다 알아서 할 테니까 걱정하지 말고 훈련이나 열심히 해."

최 감독은 별것 아닌 것처럼 대답하지만 사실은 지영의 말이 송곳처럼 최 감독을 쿡쿡 찌르고 있다. 꼭 오라고, 열두 번도 더 말했던 것 같은데 은재는 오지 않는다. 이럴 줄 알았으면 전화번호라도 받아 놓을걸.

최 감독은 형수에게 은재 전화번호라도 물어봐야 하나 심각하게 고민 중이다. 지영의 말대로 이대로 가다간 축구부가 없어지는 건 일도 아니다. 한때는 축구 명문으로 불렸는데 어쩌다가 이 지경까지 됐을까. 몇 년 전만 해도 전국소년체전에서 3등을 하던 제법 괜찮은 축구부였지만 2년째 아무 성과도 내지 못했다. 아무 성과도 없는 축구팀에 머무른다는 건 미래가 없다는 뜻일지도 모른다.

그때 아이들 몰래 마음을 졸이던 최 감독의 얼굴이 갑자기 환해진다. 저 멀리서 빛이 달려오고 있다.

"지영아, 이지영! 너 공 좀 차야겠다."

은재는 자신이 어디까지 왔는지 깨닫는 순간 당황하고 만다. 어딜 가야겠다고 생각하고 뛴 건 아니다. 그냥 죽도록 달리기만 했을 뿐이다.

왜 하필 여기일까. 익숙한 운동장에서 아이들이 공을 차고 있다. 그 모습을 은재는 멍하니 바라본다. 그리고 은재 앞으로 다시 운명처럼 공이 굴러온다.

"공 좀 차 줘!"

인생이 또다시 장난을 치는 걸까. 아니면 기회가 찾아온 걸까. 그것이 장난인지 기회인지 판단하는 건 언제나 당신들의 몫이다.

잠시 망설이던 은재는 힘껏 공을 찬다. 공은 포물선을 그리며 시원하게 운동장을 가로질러 날아간다. 최 감독은 기회를 놓치지 않는다.

"이리 와서 라면 먹고 가."

아이들이 라면을 먹는 이곳은 운동장 한편에 놓인 컨테이너다. 아이들은 여기가 보물 상자라도 되는 것처럼 이곳에 모여 있기를 좋아한다. 학교 체육관 안에 만들어진 로커룸까지 가는 아이는 아무도 없다. 그건 최 감독 역시 마찬가지다.

지긋지긋하게 먹은 라면도 여기서 먹으면 다르다. 최 감독이 커다란 냄비에 라면 열 개를 끓여 내자, 마치 경쟁이라도 하듯 아이들이 라면을 제 그릇에 담아 낸다. 아이들은 은재를 낯설어하지도 않고 마치 처음부터 존재했던 아이인 것처럼 받아들인다. 쉽게 왔다가 쉽게 나가는 아이들이 많아서다.

"언니 추워? 난 더운데."

중학교 1학년. 이제 막 축구를 시작했다는 아영이 붙임성 좋게 은재에게 말을 건다. 은재의 까만 카디건을 보는 것만으로도 더운지 아영의 이마에서 땀이 주르륵 흘러내린다.

"5월은 원래 춥기도 하고 덥기도 한 거거든."

지영이 은재 대신 답을 한다. 분명 더운 날씨지만 누구도 더 이상 말을 꺼내지 않는다.

"라면 더 안 먹을 거지? 그럼 내가 먹는다."

쇼트커트에 시크한 매력을 풍기는 진아가 냄비를 통째로 들더니 호로록 마셔 버린다.

"자, 그럼 설거지는 너희가 해라."

최 감독이 슬쩍 일어서자 진아가 매서운 눈으로 노

려본다.

"그런 게 어디 있어요? 다 같이 치워야지. 치사하게."

"치사하긴 인마. 내가 라면 끓였잖아."

치이. 에이. 여기저기서 야유가 쏟아지지만 최 감독은 부러 뻔뻔하게 굴며 밖으로 나간다. 아이들만 있는 시간을 만들어 주기 위해서다.

은재는 밖으로 나가는 최 감독을 빤히 바라본다. 라면 먹고 가라는 말 외에는 한마디도 하지 않았다. 축구를 하라고 매달릴 줄 알았는데, 공이라도 차 보라고 할 줄 알았는데, 최 감독은 시치미를 뚝 떼고 있을 뿐이다.

"너 축구부 들어올 거야?"

지영이 그릇을 치우며 고개도 돌리지 않고 묻는 바람에, 은재는 대답을 해야 할지 말아야 할지 고민한다. 대답 없는 은재에게 아영이 다시 묻는다.

"그럼 언니 우리 학교로 전학 오는 거야?"

"······아니. 축구 못해. 해 본 적도 없어."

"상관없어. 쟤도 중학교 들어와서 처음 공 잡은 애야."

지영이 아영을 가리키며 말한다.

"우리 팀은 실력 안 보거든. 그런 거 따질 상황도 아니고."

지영의 말에 아영이 고개를 끄덕이며 웃는다.

"맞아. 그래서 맨날 져. 그치?"

"야, 진아영. 그런 거 자랑하지 말라고 했지."

지영이 눈에 힘을 주며 말하지만, 아이들은 뭐가 재미있는지 동시에 웃음을 터트린다. 은재는 이 아이들이 도무지 이해가 되지 않는다.

"근데 왜 해?"

"뭐가?"

"맨날 진다며. 지기만 하는데 왜 하나 싶어서."

은재의 물음에 아이들은 눈을 깜박인다. 서로를 바라보던 아이들은 대수롭지 않다는 듯 별 고민 없이 저마다 한마디씩 내뱉는다.

"넌 왜 하냐? 난 심심해서 하는데."

"난 집에 가기 싫어서."

"난 언니들이 좋아서."

아영이 폴짝 뛰어오르며 선배들의 허리에 매달리듯 안긴다.

"또 시작이네. 진아영 저리 가!"

"싫어. 난 언니들이 좋단 말이야."

"완전 진드기라니까."

꺄르르 다시 웃음이 터진다. 아이들은 매번 지기만 하는 아이들답지 않게 늘 웃고 장난을 친다. 마치 걱정 같은 건 없는 것만 같다.

"심심할 때 여기 와 있어도 돼."

지영이 이번엔 은재의 두 눈을 분명히 바라보며 말한다. 그 순간 은재는 자신에게 커다란 방패라도 생긴 것 같은 기분이 든다.

그날 이후 은재는 자꾸만 이곳으로 오게 된다. 아무도 없는 밤에도 텅 빈 운동장을 멍하게 보게 된다. 꿈속에서도, 잠시 다른 생각에 빠져 있을 때도 그 아이들과 함께 웃으며 운동장을 뛰는 상상을 한다. 상상은 마치 꼭 그래야 한다는 것처럼, 자꾸만 은재의 발걸음을 다시 운동장으로 향하게 만든다.

14

"번호대로 네 명씩 조 만들어서 토론 준비하자."

선생님의 말이 끝나기가 무섭게 아이들은 책상을 돌려 네 명씩 조를 이룬다. 그때 누군가 손을 들어 불만을 이야기한다.

"쌤, 불공평해요. 우리 조에는 참여 안 하는 애도 있단 말이에요."

아이는 누구라고 말하는 대신 은재를 못마땅한 눈으로 쳐다본다. 수행평가와 시험을 위해 밤샘도 마다하지 않는 아이기에 은재가 어떤 기분으로 앉아 있는지는 신경 쓸 겨를이 없다.

"누구는 밤새 준비하고, 누구는 입도 뻥긋 안 하고

있다가 점수 따 가는 거 불공평하잖아요."

틀린 말은 아니다. 은재도 알고 있다. 은재도 저 아이들과 어울려 밤새 카톡을 하고 함께 몰려다니며 자료 조사를 하고 토론 준비도 하고 싶다. 하지만 은재에게 꿈같은 일일 뿐이다.

한 명에게서 시작된 불만은 폭발하듯 여기저기서 터져 나온다.

"그럼 뭐 어떻게 짰으면 좋겠는데?"

"원하는 애들끼리 했으면 좋겠어요. 그래야 비슷하게 토론 준비도 할 수 있고, 결과도 만족스럽고요."

때는 이때다 싶었는지 맞아요, 원하는 사람끼리 해요, 하는 말들이 여기저기서 나온다. 한번 시작된 불만을 억누르기란 어려운 법이다. 선생님은 또 시작이냐는 듯 지친 표정으로 알겠다고 딱 한마디를 내뱉는다. 그리고 그 한마디가 은재를 비참하게 만든다.

모두 짝을 이루어 조를 만든다. 친한 친구, 똑똑한 친구, 재미있는 친구들끼리 자석에 이끌리듯 뭉쳐진다. 오직 은재만 입을 다물고 가만히 앉아 있다. 아빠가 컴퓨터를 부순 후부터 은재는 기본적인 자료 조사마저 할 수 없다. 말도 없고 까칠한 은재와 한 팀이 되려는 아이는 아무도 없다.

은재는 이 요란한 시간이 끝나면 선생님이 적당한 조에 꼽사리처럼 자신을 넣어 줄 거라는 걸 안다. 선생님 때문에 어쩔 수 없이 은재를 조원으로 받아들인 아이들은 짜증 섞인 한숨을 내뱉을 테고 은재는 야유와 불만들을 묵묵히 견뎌 내야 할 터였다. 비참한 시간을 조금만 견디면 그뿐이다.

우영은 은재에게 마음이 쓰이지만 먼저 일어나 은재 곁으로 갈 용기는 없다. 그때 반장이 일어나 은재 옆에 앉는다. 그런 반장을 은재가 눈에 힘을 주고 노려본다. 동정이라면 딱 질색이다. 동정을 받느니 차라리 비참한 게 낫다고 생각한다. 그러든 말든 반장은 어서 안 오고 뭐 하냐는 듯 우영을 바라보고, 눈빛이 마주친 우영은 쭈뼛거리다 반장 곁으로 간다.

"아 진짜."

형수 역시 억지로 몸을 일으켜 우영의 뒤를 따른다.

오—

주변에서 야유 비슷한 소리가 번지기 시작한다.

"다들 왜 그래?"

"쌤, 쟤네 둘이 사귀잖아요."

"누구?"

"반장이랑 김우영이요."

"우영이랑 반장이 사귄다고?"

선생님은 세상에 이렇게 안 어울리는 커플이 어디 있냐는 듯 우영과 반장을 번갈아 본다.

"김우영이 공개 이벤트도 했어요!"

오— 오—

누군가의 말에 환호성에 가까운 소리가 교실을 뒤덮고 선생님은 눈을 동그랗게 뜬다.

"3반 공개 커플이야?"

"네!"

"이야, 선생님은 외로워 죽겠는데 너희 반은 사랑이 넘치는구나. 솔직히 말해 봐. 3반 또 커플 있어?"

없어요! 이런 애들이랑 커플이라니요! 우웩. 아이들은 서로 불쾌하다는 듯 목소리를 높인다. 선생님은 웃음을 터트린다. 혼란을 틈타 반장이 전쟁에 나가는 장군 같은 비장한 얼굴로 말한다.

"모르죠. 또 커플이 생길지."

반장의 말에 형수는 우영을 향해 따가운 눈초리를 보낸다. 우영이 한 거짓말 때문에 반장은 아직도 형수가 은재를 좋아한다고 생각하고 있다.

"자자, 조용! 이번 토론 주제는 사형제와 존엄사야.
둘 중 원하는 주제 골라서 준비해 오면 돼."

●

"김은재는?"

토론 준비를 하기 위해 모두 도서관 앞에 모였지만
은재는 없다. 반장이 고개를 두리번거리며 은재를 찾
자 형수가 콧방귀를 뀐다.

"다크나이트 그 싸가지가 오겠냐?"

싸가지라니? 반장이 눈썹을 찌푸리며 형수를 바라
본다. 좋아해서 졸졸 따라다닌다고 할 땐 언제고 지
금 형수의 말은 아무리 봐도 좋아하는 사람에게 보이
는 말투가 아니다. 우영이 뒤늦게 형수의 옆구리를 찔
러 보지만 형수는 아랑곳하지 않는다. 확실히 해 둘
필요가 있다고 생각해서다.

"반장, 나 이제 김은재 안 좋아해. 그러니까 김은재
랑 나랑 엮으려고 하지 마. 아주 불쾌하니까. 아야.
씨이. 내 옆구리가 초인종이냐. 왜 자꾸 누르고 난
리……."

다시 한번 우영이 형수의 옆구리를 찌르자 불만을 쏟아 내던 형수도 입을 다물고 만다. 바로 뒤에 은재가 서 있었던 것이다.

"어, 언제 왔냐?"

"……."

은재는 아무런 대답도 하지 않는다. 형수는 침을 꿀꺽 삼키고 은재 눈치를 살핀다. 에이 씨. 어디까지 들었지? 설마 처음부터 다 듣지는 않았겠지?

"다 모였으면 들어가자."

아이들은 모두 한자리에 앉아 있지만 모두 다른 생각을 하고 있다.

반장은 이번 조별 토론이 성공적이길 바라고 있다. 동시에 우영과 함께할 수 있어서 꽤나 즐겁다. 우영은 오늘 반장이 준 딸기우유를 먹지 않고 가방에 넣어 뒀다. 어쩐지 먹기 아깝다는 생각이 들어서다. 형수는 아까 한 말에 은재가 상처라도 입었을까 마음이 쓰이면서 동시에 머리가 복잡하다. 그리고 은재의 머릿속은 축구로 가득 차 있다. 아주 작은 한 귀퉁이에 형수가 한 말이 새겨져 있지만.

'나 이제 김은재 안 좋아해.'

아이들은 각자의 생각에 빠져 있고 나는 그런 녀석들을 언제나처럼 물끄러미 바라본다.

"일단 주제부터 정해야 하니까 하나씩 찬성 반대로 나눠 보자. 먼저 존엄사부터. 난 찬성."

반장의 말에 은재가 혼잣말을 하듯 조용히 답한다.

"나도. 죽지 못해 사는 사람도 있으니까."

은재의 말에 형수가 가만히 은재를 바라본다. 평소의 형수라면 그런 말을 흘려들었겠지만 이번에는 다르다. 보지 말아야지 말아야지 하면서도 형수의 눈은 자꾸만 은재의 까만 카디건을 향한다.

"난 반대! 살다 보면 좋은 날이 올 수도 있는 거고 행복해질 수도 있는 거고. 하여간 끝까지 살아 봐야 알지."

반장은 웬일로 적극적인 형수를 슬쩍 바라보고, 형수는 괜히 민망한지 머리를 긁적인다.

행복……

은재는 몇 번이나 그 단어를 생각하고 또 생각한다.

"좋은 날이 올지 안 올지 어떻게 알아. 견디고 견뎠는데 끝까지 지옥 구덩이에서 살 수도 있지."

그런 사람도 있다. 행복이라는 단어가 너무 멀고

무섭게 느껴지는 사람도. 차라리 다른 사람들도 전부 행복하지 않았으면 좋겠다고 생각했던 적도 있다. 난 이렇게 아픈데, 누군가는 웃고 있다고 생각하면 은재는 모든 걸 포기하고 싶어만 진다.

"나는 있잖아. 그냥 엄청 더울 때 아이스크림 먹으면 되게 행복하거든. 살다 보면 그 정도 행복은 느낄 수 있는 거 아니냐."

형수의 말에 은재는 픽, 웃음을 짓고는 고개를 숙인다.

모르지, 아이스크림이 행복일지 두려움일지. 겪어 보지 않으면 아무도 몰라. 행복을 느끼는지, 아직은 아빠가 없으니까 다행이다, 다행이다, 그러면서 먹는 건지.

은재는 발밑의 먼지들을 바라본다. 가끔은 자신이 먼지보다 더 별 볼 일 없는 사람처럼 느껴진다. 아무도 바라봐 주지 않을 만큼 작고 별 볼 일 없는 존재.

"넌?"

이제 모든 아이들의 시선은 우영에게 향한다.

"나는 잘 모르겠는데……."

우영은 정말로 자신의 생각이 뭔지 알 수 없다. 누

군가는 그저 조별 발표일 뿐이니 대충 하면 된다고 생각할지 모르지만 우영은 그렇게 쉽게 마음을 정하는 아이가 아니다. 존엄사 같은 어려운 주제라면 더더욱 그렇다.

우영은 은재를 슬쩍 바라보다가 얼른 고개를 숙인다. 가끔 우영도 무서운 생각을 한 적이 있다. 엄마가 왜 너는 그것밖에 안 되냐며 가슴을 칠 때, 기대조차 하지 않는다는 얼굴로 바라볼 때, 자신이 아무것도 못 하는 바보같이 느껴질 때, 그러면 안 된다는 걸 알면서도 무서운 생각을 했다.

나 같은 건 없어져 버렸으면 좋겠다고.

"우영아, 그냥 반대해. 여자애들 찬성이라잖아. 너랑 내가 반대하면 2 대 2 딱이잖아."

"으응. 그럼 반대할게."

우영의 대답에 형수는 하이파이브를 하기 위해 손바닥을 내민다. 둘의 손이 가볍게 맞닿고, 그런 둘을 반장이 못마땅한 눈초리로 바라본다.

"좀 쉬었다 하자. 마실 거라도 사 올게."

반장의 말에, 쉬었다 하자는 말만큼 좋은 말이 어디 있냐는 듯 형수의 얼굴에 금방 화색이 돈다. 형수는 우영의 어깨를 툭 치며 장난을 걸고 반장은 여전히 못마땅한 눈으로 둘을 바라본다.

"뭐 해?"

"어?"

"나 혼자 가?"

반장의 말에 우영이 자리에서 벌떡 일어나고 이번엔 형수의 얼굴이 찌푸려진다.

"저기……."

우영이 숙제 검사를 맡는 아이처럼 조심스럽게 입을 연다.

"나 2킬로 빠졌는데."

우영의 말에 반장이 녀석을 빤히 바라본다. 우영은 자신이 뭔가 잘못했나 싶다. 너무 조금 뺐나? 3킬로는 뺄 걸 그랬나. 살살 눈치를 보는 우영을 못마땅한 눈으로 보던 반장이 한참 만에 말을 꺼낸다.

"너 진짜 살 뺀 거야? 왜?"

반장의 말에 우영은 뭐라고 대답해야 할지 모르겠다. 갑자기 반장이 왜 이러는 건지도 모르겠다. 그저 어색한 웃음을 지으면서 머리를 긁적이는 게 전부다.

"나는 그냥 네가 빼면 좋겠다고 해서……."

"그러니까. 왜 내가 말하는 대로 다 하냐고. 너 내가 죽어 보라고 하면 죽을 거야?"

박보검 같아 보일 거라고 할 땐 언제고, 갑자기 왜 화를 내는 건지 우영은 도통 모르겠다.

"아까도 그렇고, 왜 맨날 애들이 시키는 대로 해?"

"그, 그게……."

"왜 이렇게 자신감이 없어?"

반장의 말에 우영은 고개를 숙인다. 자신감 같은 건 한 번도 가져 보지 못했던 것 같다. 어떻게 해야 그런 게 생기는지도 모르겠다. 노력해서 되는 게 있고 노력해도 안 되는 게 있다면 아마, 우영이 자신감을 가지는 일은 노력해도 안 되는 일 중 하나일 것이다.

"미안해."

우영은 자신감이라고는 쥐뿔도 없는 자신이 싫다. 반장이 자신에게 실망했을까 봐 싫고, 나라는 애가 그러면 그렇지 잘하는 게 뭐가 있냐고 스스로를 탓하는 자신도 싫다.

반장은 풍선에 바람이 빠지듯 주눅 드는 우영을 바라보다 작게 한숨을 내쉰다.

"자신감 가져도 돼."

"어?"

"너 지금도 꽤 괜찮다고."

반장의 무뚝뚝한 표정이 눈에 들어온다. 우영은 반장을 바라보고, 반장은 우영을 바라본다. 그리고 그 순간 우영의 얼굴에 환한 미소가 번진다. 세상에서 제일 행복한 사람이 짓는, 햇빛보다 찬란한 미소다. 아니, 그보다 훨씬 찬란한 '꽤 괜찮은' 순간이다.

진짜 사랑은, 그 사람을 있는 그대로 좋아해 주는 거다. 살을 조금 더 빼면, 키만 조금 더 크면, 말을 조금만 더 잘하면, 공부를 조금만 더 잘하면…… 끝없이 부족한 점을 이야기하는 것이 아니라 당신의 모든 것을, 그 전부를 좋아해 주는 것. 그런 것이어야만 한다.

그렇게 소년은 부모에게서 배우지 못한 사랑하는 법을, 사랑받는 법을 조금씩 배워 가고 있다.

15

"어디 간다고?"

"학원에. 반장이랑 만나서 공부하기로 했어."

우영의 말에 형수는 배신감에 흠뻑 젖는다.

"무슨 토요일에 학원을 가?"

거의 붙어 다니다시피 하던 둘이었는데 어쩐지 형수는 자꾸만 우영을 반장에게 빼앗기고 있다는 생각이 든다.

"그럼 나는? 나랑 게임은 언제 하는데."

"나중에 하면 되지."

"너 설마 진짜 반장 좋아하냐? 그런 불상사가 생긴 거야?"

"아니야. 반장이 하자고 하는데 어떡해 그럼."

우영이 아니라고 고개를 젓지만 형수의 눈은 범인을 취조하는 형사처럼 의심으로 가득하다.

"싫다는 말도 못 하냐? 반장이 타노스지 살인귀는 아니잖아. 설마 싫다고 한다고 잡아먹겠어?"

형수는 우영이 절대로 그러지 못한다는 걸 알면서도 그렇게 말한다. 우영은 자기가 싫다고 하면 다른 사람한테 엄청나게 상처라도 입히는 줄 아는 아이니까.

그때 반장이 다가온다.

"뭐 해, 안 가고?"

"그게……."

우영은 형수 눈치를 보며 머뭇거리고, 그 사실을 반장이 모를 리 없다.

"뭐. 할 말 있어?"

형수는 이번에야말로 친구를 위해 나설 때라고 생각한다. 해도 해도 너무하는 거 아니냐고. 요 며칠 수업이 끝나자마자 학원에 데려가더니, 이젠 주말에 둘의 유일한 낙인 PC방까지 못 가게 해야 속이 시원하겠냐고. 그렇게 학원만 다녀서 전교 1등 너 다 해 먹을 생각이냐고 따끔하게 말할 참이다.

"진짜 너무한……."

"너무 뭐?"

하지만 반장의 엄한 눈길에, 따져 물으려던 말들은 언제 그랬냐는 듯 쏙 들어가 버리고 만다.

"너무…… 너무 열심히 하는 거 아니냐고."

형수의 말에 우영은 눈을 동그랗게 뜨고, 형수는 민망한 듯 헛기침을 내뱉는다. 반장은 그런 형수와 우영을 번갈아 한 번씩 쳐다본다.

"너도 같이 공부할래?"

"아니! 나 바빠."

반장의 말에 형수는 0.1초의 고민도 없이 대답한다.

"그래? 그럼 우리 먼저 간다."

그렇게 둘을 보낸 형수는 어쩐지 기분이 찝찝하다. 왜 그런지는 모르겠지만 꼭 빌려준 돈이 기억나지 않는 것 같은 기분이다.

나는 녀석들을 보고 빙그레 웃는다.

왜긴. 우영의 입꼬리가 자꾸 올라가서 내려올 줄 모르니까 그렇지.

·

"뭐라고?"

"축구요. 어떻게 하나 해서요."

쭈뼛대며 묻는 은재의 물음에 최 감독의 얼굴에 웃음꽃이 핀다.

한동안 은재는 자주 축구부를 찾아와 아이들이 훈련하는 모습을 보고 갔다. 최 감독은 은재가 매일 밤마다 운동장을 찾아온다는 것도 알고 있다. 그걸 먼저 눈치챈 건 주장 지영이었다.

"이 공은 왜 밖에 나와 있어?"

"몰라요. 지영이 언니가 그렇게 두라고 하던데요."

며칠 전 훈련이 끝나고 뒷정리를 하는데 아이들이 공 하나를 컨테이너 앞에 내놓는 거였다. 이건 또 무슨 반항인가 싶어 눈살을 찌푸리던 최 감독은 이어지는 지영의 말에 고개를 갸웃거렸다.

"밤에 연습하고 싶어서 오는 사람이 있을 수도 있잖아요."

"오긴 누가 와."

지영은 그저 어깨를 으쓱거릴 뿐이었다.

"우리 유니폼 남는 거 없는데 하나 맞춰야 하는 거 아니에요?"

그제야 무슨 말인지 알아들은 최 감독의 입가에 미소가 번졌다.

"우리가 다른 건 몰라도 주장 하나는 잘 뽑았지?"

"그걸 이제 아셨어요?"

최 감독이 축구부를 아끼는 것만큼 지영도 축구부를 아끼고 있다. 누군가의 마음이 진심이라면 반드시 티가 나게 되어 있는 법이다.

은재에게 왜 자꾸 운동장을 찾았냐고 묻는다면 은재는 아마, 잘 모르겠다고 대답했을 것이다. 분명한 건 운동장 안에서 혼자는 없다는 거였다. 훈련을 하던 아이들은 은재를 발견하고 반갑게 손을 흔들어 주었다. 처음으로 누군가 자신을 반겨 주는 곳. 여기라면 어쩌면 더 이상 외롭지 않을지도 모른다는 생각이 들었다.

"별거 아니야. 그냥 달리면서 공을 차기만 하면 돼."

별거 아니라는 최 감독의 말과 달리, 달리면서 공을 차는 일은 생각보다 힘들다. 혼자 달리는 데만 익숙했던 은재는 달리면서 동시에 공을 차는 일이 어

렵다. 때문에 공을 찰 때마다 자꾸만 멈칫대며 서게
된다.

"한 오천 년 정도만 연습하면 되겠다."

"네?"

"농담이야."

최 감독은 재미있다는 듯 빙긋 웃고 은재는 얼굴
을 구긴다.

"잘 봐라. 이게 네 인생이야. 달리면서 절대 공을 놓
쳐선 안 돼."

이렇게 작고 보잘것없는 것이 인생이라고?

최 감독의 말이 맞다. 인생은 도무지 어디로 튈지
알 수 없는 저 작은 공 같은 것이다. 그것을 지킬지,
빼앗길지는 오로지 자신에게 달렸다.

"이걸 빼앗으려고 태클이 들어올 거다. 지독하게
쫓아와서 집요하게 괴롭히겠지. 너보다 몇 배는 더
잘 뛰는 녀석들이 눈 깜짝할 사이에 가로채 가기도
할 거야."

최 감독은 자신의 말을 증명이라도 하듯 발놀림 몇
번으로 은재의 공을 빼앗는다.

"빼앗겼다고 그렇게 바보같이 서 있을 거야?"

"네?"

"말했잖아. 이 공이 네 인생이라고. 빼앗겼으니 다시 되찾아 와야지."

은재는 마치 누군가 뒤통수를 세게 후려치기라도한 것처럼 정신이 번쩍 든다. 뒤늦게 최 감독의 발밑에 있는 공을 빼앗기 위해 달리지만 공은 자석처럼 최 감독의 발에서 잠시 떨어졌다가도 다시 붙어 버린다.

"경기장 안에선 너 혼자 아무리 잘 달려 봐야 소용없어. 네가 공을 가지고 있으면 누구든 빼앗으러 올 테니까."

"그럼 어떡해요?"

"어쩌긴. 네 인생을 친구에게 부탁해야지. 그걸 패스라고 한다."

최 감독은 은재의 집요한 발을 피해 공을 차 버린다. 공은 운동장을 가로지르며 멀리 뻗어 간다. 은재는 공을 잡기 위해 달려가려 하지만 최 감독이 그런 은재의 어깨를 붙잡아 세운다.

"모두 공을 보고 뛰지만, 한곳을 향해 뛰지는 않아. 그렇게 공만 뒤쫓다가는 아무것도 얻지 못하거나 경기가 끝나기도 전에 네 심장이 터져 버릴 거다."

은재는 가쁜 숨을 내쉬며 최 감독을 바라본다. 최 감독은 손끝으로 공을 가리키며 말을 잇는다.

"저기 저 자리에 분명 다른 선수가 있을 거다. 그다음 몫은 그 선수에게 맡기는 거야. 알겠냐?"

모두 공을 보고 뛰지만, 한곳을 향해 뛰지는 않는다.

그게 축구고, 인생이다.

그날 밤, 텅 빈 운동장에서 은재는 밤새 공을 찬다.

인생을 빼앗기고 싶지 않으니까.

16

　바람이 요란하게 부나 싶더니 우두둑 굵은 빗방울
이 떨어진다. 비가 와서인지 바람이 제법 차갑다. 나
는 오늘따라 요란하게 내리는 비가 마음에 들지 않
는다. 어떤 이는 비를 아무것도 아니라고 생각하고,
또 어떤 이는 빗줄기에 마음까지 시원해질지도 모르
지만, 마음이 외로운 어떤 아이들에게 비는 절망 그
자체다.

　"아이, 나 우산 없는데."

　형수가 쏟아져 내리는 빗물을 보고 투덜거린다. 이
비를 맞고 집에 갈 생각을 하니 벌써부터 짜증이 나
는 것 같다.

"나 우산 있어."

우영이 가방을 열어 검은색 삼단 우산을 흔들자 형수의 입가에 미소가 번진다. 그때, 한쪽에서 커다란 우산을 쓰고 가는 반장이 보인다.

"타노스가 어울리지 않게 무슨 샛노랑이냐. 안 그러냐?"

형수가 턱짓으로 반장을 가리키고 나서야 우영은 뒤늦게 반장을 바라본다.

"형수야. 이거 너 써."

"뭐?"

"나 먼저 갈게. 우산은 내일 줘."

"야! 김우영!"

우영은 재빨리 손을 흔들어 인사를 건네고는 반장이 쓰고 있는 노란 우산을 향해 달려간다. 덕분에 혼자 남은 형수는 입을 신경질적으로 삐죽인다. 좋아하는 거 아니긴, 개뿔. 아주 푹 빠졌네, 빠졌어.

형수는 어쩐지 배신감으로 모자라 화까지 난다.

되는 일이 없어도 더럽게 없지. 형수는 여전히 꿈도 없고 잘하는 것도 없으며 유튜버로 성공하려던 계획도 꼬이고 말았다. 성공은커녕 머리 아픈 일들

137

만 잔뜩 생겼다. 은재 일만으로도 머리가 아픈데 이제 하나뿐인 친구 우영마저 반장에게 빼앗기게 생겼으니. 쳇.

형수는 투덜대며 길을 걷는다. 우산에 가려 다른 것들은 보이지 않고 오로지, 비와 물웅덩이만 보일 뿐이다.

나는 때를 기다리다 형수가 가로수 아래를 지나갈 때 발을 쿵, 하고 구른다. 때문에 나뭇잎에 모여 있던 빗방울들이 한 번에 형수의 우산으로 우두둑 떨어져 내린다. 깜짝 놀란 형수가 고개를 들어 가로수를 올려다보다 한곳에 시선이 멈춘다.

은재가 횡단보도 앞에 서 있다. 우산도 쓰지 않고, 비를 피하려고 하지도 않는다. 그저 내리는 비를 온몸으로 맞으며 서 있을 뿐이다.

쟤는 또 왜 저러고 있냐고. 미치겠네, 진짜. 우산을 씌워 줄까 싶은데, 괜히 그랬다가 다른 애들이 보기라도 하면 사귀네 어쩌네 소문이 날 게 뻔하다. 설사 다른 애들이 보지 않는다고 해도 김은재 성격에 어머, 고마워 하고 우산을 받을 리도 없다.

에라이! 그래. 나랑 무슨 상관이냐. 은재 쪽으로 갈

까 말까, 몇 번이나 망설이던 형수는 고개를 절레절레 젓고 반대쪽을 향해 발걸음을 옮긴다.

나도 안다. 녀석에게 내가 너무 많은 걸 바라고 있다는 걸. 그게 형수의 최선이었을 거다. 우산도 없이 왜 저렇게 비를 맞고 서 있나, 그 정도 관심으로도 충분하다.

은재는 쏟아지는 빗줄기 아래에 서 있다. 나는 이 작은 아이의 머리 위에 손을 올려 비를 막아 보지만 무참히 내리는 비는 은재의 얼굴 위로, 온몸으로 자꾸만 흘러내린다.

이 아이에게 우산을 챙겨 줄 사람은 없다. 은재 역시 그렇게 커다란 걸 감히 바라지도 않는다. 그저, 아침에 아빠의 심기를 건드리지 않으려 도망치듯 나오지만 않을 수 있다면, 그래서 일기예보를 볼 수 있는 시간만 있다면 그걸로 충분하다. 하지만 인생은 도대체 무슨 생각인지 은재에게 그 정도의 시간마저 주지 않는다.

이제 은재는 자신의 인생에 그 어떤 것도 바라지 않는다. 아무리 간절히 바라고 또 바라도 아무것도 이루어지지 않을 거라는 걸 알기 때문이다.

그때 은재의 머리 위로 뭔가가 내려앉는다. 검정색 바람막이 점퍼다. 고개를 돌리니 형수가 서 있다.

"흠흠, 춥잖아. 그냥 입고 가."

은재가 뭐라고 말하기도 전에 형수는 이미 저만치 달려가고 있다. 때마침 불이 바뀌어 파란색으로 변한다. 은재는 형수 뒤를 따라가는 대신 횡단보도를 건넌다.

나는 소년, 소녀가 서 있던 그 자리에 우두커니 서 있는다.

비에 흠뻑 젖었지만 따뜻한 온기가 남은 점퍼 하나로 은재는 자신이 살아 있음을 느낀다. 파란 물줄기가 은재의 몸을 톡톡톡 두드린다. 이제 깨어나라고, 죽어 있던 껍데기에서 나와도 좋다고 얘기하는 것만 같다.

비를 맞아서 추위에 몸이 덜덜 떨리지만 기분이 나쁘지는 않다. 적어도 몸을 떠는 일이 아빠 때문이 아니니까. 다른 이유가 생겼다는 것만으로도 은재는 다시 하루를 살아갈 수 있을 것이다.

"라면이 목구멍으로 처넘어가냐?"

은재는 꿋꿋이 라면을 먹는다. 꼭꼭 씹어 삼키고 다시 면을 집어 올린다. 그렇게 꿋꿋하게.

"이년이 아빠가 말하는데 쳐다보지도 않아?"

쾅.

은재의 이마 옆으로 컵 하나가 날아와 벽에 부딪혀 깨진다. 은재네 집에서 식기들은 쨍그랑, 소리로 깨지는 법이 없다. 늘 쾅, 쿵, 콰쾅, 커다란 소리를 내며 둔탁하게 깨진다. 있는 힘껏 내던져져 부서지는 소리다.

"왜요, 또."

"왜요, 또? 이년이 어디서 말버릇을 그따위로 배웠어. 너 이거 어디서 났어?"

은재 앞으로 까만 바람막이 점퍼가 날아온다. 은재는 가만히 점퍼를 바라본다.

"어디서 났냐고 묻잖아!"

아빠가 바람막이를 집어 흔든다. 똑같은 옷이 이렇게 다르게 느껴질 수 있다는 게 놀랍다.

"친구가 줬어요."

"친구? 니미, 개 같은 소리 하지 말고 바른대로 말해. 너한테 친구가 어딨어, 친구가. 너 이거 훔쳤지? 어디서 훔쳤어, 어?"

은재는 안다. 아빠가 원하는 대답이 그것이라는 것을. 훔쳐서 죄송하다고, 다시는 그러지 않겠다고, 무릎을 꿇고 빌기를 원한다는 것을. 아빠는 지금 은재를 때리고 욕할 구실을 찾고 있을 뿐이라는 것을.

아빠가 원하는 대답을 하고 용서를 구하면 뺨 몇 대를 맞긴 하겠지만 그게 끝일 거라는 걸 안다. 뻘겋게 부어오른 뺨을 부여잡고 눈에 맺힌 눈물을 애써 참고 또 참으면서 불어 터진 라면이나마 마저 먹을 수 있을 거라는 걸 안다.

하지만 은재는 그러지 않는다.

은재는 아빠를 피해 밖으로 달려 나온다. 뒤에서 아빠의 욕설이 들리지만 들리지 않을 만큼 멀리 달려 나가 버린다. 뒷일 따위는 생각하고 싶지도 않다. 그저 폭력에서부터 벗어나고 싶을 뿐이다.

은재는 다시 운동장에 와 있다. 비가 쏟아져 내리지만 상관없다. 은재는 이곳에 오면 축구공이 자신을 기다리고 있다는 걸 안다. 늘 그 자리 그곳에, 축구공 하나가 은재를 기다리고 있다. 은재는 그게 누군가가 자신을 위해 내놓은 공이라는 걸 모르지만, 그럼에도 그 작은 공이 주는 위안은 엄청나다.

그리고 위안은 응원처럼 다가와 은재 곁에 선다.

"계속 차."

주장인 지영이다. 지영은 종종 운동장을 찾는다. 좋아하는 사람을 보고도 또 보고 싶은 것과 같은 이유다. 겪어 보지 않은 사람은 고작 공 하나에 무슨 의미가 있느냐고 생각할지도 모른다. 하지만 지영은 저 작은 공 하나가 세상이 되고 전부가 된다는 걸 알고 있다. 때문에 지영은 아무도 없는 운동장에서 비를 맞으며 공을 차는 은재를 발견하고, 한 번의 주저함도 없이 우산을 내려놓고 빗속으로 뛰어들었다.

은재는 여기서 뭐 하느냐고, 왜 비를 맞고 있느냐고 지영이 물어 올까 겁난다. 하지만 지영은 아무것도 묻지 않고, 아무 말도 하지 않고 그냥 같이 축구공을 차기만 한다. 은재는 아무것도 묻지 않는 지영이 고맙다.

참 이상하게도 혼자 비를 맞을 땐 비참했는데 함께 맞으니 즐거워진다.

•

"아들. 너 옷은 어쨌어?"

형수의 엄마가 눈이 동그랗게 변해서 묻는다. 우산 없이 간 아들이 걱정되어 최대한 빨리 퇴근을 하고 온 엄마다.

　"어? 아, 그거…… 잃어버렸는데."

　"옷을 잃어버렸다고?"

　형수의 엄마는 미심쩍은 얼굴로 형수를 바라본다. 요즘 들어 부쩍 한숨이 잦아진 아들이다. 형수가 자주 손톱을 깨물었고 자주 얼굴을 찡그렸다는 사실이 떠오르자 엄마는 갑자기 머릿속에 무서운 생각이 떠오른다.

　"너 솔직히 말해 봐. 누가 뺏었어?"

　"아니! 뺏긴 누가 뺏어."

　"그럼 형우도 안 잃어버리고 오는 옷을 내일모레면 고등학생인 네가 잃어버리고 왔다는 걸 믿으라고?"

　엄마의 말에 동생 형우가 밥을 먹다 말고 빤히 쳐다본다.

　"아이, 운동장에서 축구한다고 잠깐 벗어 놨는데 누가 착각을 해서 가져갔나 봐."

　"그걸 지금 말이라고. 비가 이렇게 오는데 운동장에서 축구했다는 말을 믿으라는 거야?"

엄마의 걱정은 끝도 없이 이어진다. 가끔은 엄마만 찾는 일곱 살짜리 아들보다 엄마 품을 떠나기 시작한 열다섯 살짜리 아들이 훨씬 걱정되는 엄마다.

"비 오기 전에 했겠지. 축구하다 보면 가끔 그럴 때 있어. 내일 가서 찾아보면 되지 뭘 그래."

아빠가 나선다. 말을 하지 않을 뿐 요즘 엄마가 얼마나 형수를 걱정하고 있는지 알고 있어서다.

"그래도 혹시……."

"내가 얘기할게. 자, 아들들 밥 다 먹고 아빠랑 면담이다."

아이, 진짜. 동생 형우는 형 때문에 자기까지 면담을 해야 하는 게 불만이다. 그것도 베란다에서 재미라고는 코딱지만큼도 없는 이야기를 해야 하다니. 이 시간이면 폰 게임을 몇 판이나 더 할 수 있는데.

형수는 아빠와의 면담이 인생에 대한 이야기로 진행될 거라는 걸 안다. 그걸 고작 일곱 살짜리와 함께 해야 한다는 게 싫을 뿐이다.

"요즘 힘든 일은 없니?"

아빠의 질문에 형우의 입에서 따분한 한숨이 새어 나온다.

"옷 잃어버린 건 형인데 왜 나까지 여기 있어야 돼?"

"좋다. 그럼 다른 얘길 해 보자. 아들들은 커서 뭐가 될 건지 생각해 봤니?"

두 아들에 대한 공통된 질문이었지만 그게 형수에게 집중되어 있다는 걸 안다. 일곱 살은 로봇이 되고 싶다고 해도 용서받을 나이지만 열다섯은 아니다.

"아빠."

"그래. 우리 막내아들. 네가 먼저 말해 봐라."

형우는 또랑또랑한 눈을 뜨고 아빠를 바라본다. 비도 오고 슬슬 추워지려 하는데 이제 들어가자고 말하려다가 걱정스러운 눈으로 베란다를 바라보고 있는 엄마와 눈이 딱 마주치고 말았기 때문이다.

"꼭 뭔가가 되어야 하는 거지?"

형우의 질문은 생각보다 수준이 높다. 아빠는 잠시 망설이다가 당연히 그렇지라고 덧붙인다.

"그럼 엄마랑 아빠는 뭐가 된 거야?"

형우의 질문은 꽤 수준이 높을 뿐만 아니라 날카롭기까지 하다. 아빠는 잠시 형수의 눈치를 살피다가 흠, 헛기침을 내뱉는다.

형수의 아빠는 여자중학교 축구 감독이다. 맞다. 당신도 알다시피 지금 학교에서는 축구부가 필요하냐는 의견이 나오는 중이다. 꿈을 키워야 할 아이들을 억지로 붙잡고 있는 건 아닌지, 망하기 일보 직전의 축구부에서 얼마나 더 버틸 수 있을지 최 감독도 알 수 없다.

하지만 일곱 살짜리 아들에게 사실대로 말하기엔 세상은 너무 점잖은 척하고 있다. 때문에 두 아들의 아빠이자 망해 가는 축구부 감독은 이렇게 말할 수밖에 없다.

"엄마랑 아빠는 둘 다 열심히 일하잖아. 아빠는 축구부 감독으로 엄마는 보험설계사로. 너희같이 멋진 두 아들을 둔 부모이기도 하고."

"그럼 엄마 아빠는 열심히 회사 다니는 부모님이 된 거지?"

다시 한번 말하지만 형우의 질문은 꽤 괜찮다.

"그렇지."

"그럼 나도 회사 열심히 다니는 아빠 될래."

"무슨 회사에 다니고 싶은데?"

"아빠는 언제부터 감독이 되고 싶었는데?"

모든 부모들에게도 꿈이 있었다. 아빠의 어릴 적 꿈은 국가대표 선수가 되는 거였지, 언제 없어질지 모를 축구부의 감독이 되는 건 아니었다. 아빠는 구름 가득한 하늘을 바라보며 햇빛이 쨍쨍 빛나던 지난날을 떠올린다.

"그래. 우리 막내아들은 꿈이 확실하구나. 통과!"

형우는 어떻게 해야 아빠의 말문을 막을 수 있는지 제대로 알고 있다. 아이는 히죽 웃으며 아빠와 하이파이브를 하고 엄마를 향해 웃어 보이며 베란다를 탈출한다. 남은 건 형수뿐이다.

"나도 열심히 회사 다니는 아빠 할게."

"어영부영 넘어갈 생각 마. 너랑 형우는 다르다는 거 알잖냐."

에휴. 형수의 입에서 한숨이 새어 나온다. 이제 고작 열다섯 살. 15년은 형수에게 평생이지만 인생을 걸 뭔가를 꿈꾸기엔 너무 짧은 시간이었다. 특히나 잘하는 것도 개뿔 없고 좋아하는 것도 없는 형수로서는 도대체 뭐가 되고 싶은지 알 수 없다.

"무슨 일 있냐?"

"일은 무슨 일. 없어, 그런 거."

"고민 있으면 언제든지 아빠한테 말해라."

형수는 다시 작은 한숨을 내쉰다. 아무리 많은 인생 이야기를 한다고 해도, 아빠는 상상도 하지 못할 일들이 같은 반 아이에게 벌어진다는 걸 절대 말할 수 없을 거다.

"김은재 축구한대?"

"하지. 아니 해야지. 무조건 해야 돼. 은재한테 아빠 축구팀이 걸려 있어."

"걔가 그렇게 잘해?"

형수의 물음에 최 감독은 짐짓 진지한 척 턱을 괴고 앉다가 픽, 웃음을 터트린다.

"사실 선수 인원이 부족해. 은재 들어오면 딱 열한 명. 간신히 유지만 하는 거지."

"애들이 그렇게 안 와? 하긴 거기서 누가 축구를 해. 그냥 아빠도 다른 축구팀 하면 안 돼?"

"그게 말처럼 쉬운 줄 아냐. 살아 봐라. 인생이 뜻대로 되나."

에휴. 이번에는 아빠 입에서 한숨이 새어 나온다. 인생은 어른에게도 만만치 않은 것이다.

"그래도 다른 데 알아봐, 한번."

"안 돼. 그럼 아빠 믿고 축구부에 남은 애들은 뭐가 되냐."

형수는 머리가 복잡하다. 은재가 축구부에 들지 않으면 아빠가 일자리를 잃게 되고, 축구부에 들면 아빠가 모든 사실을 알아낼 터였다. 그렇게 되면 은재는 어떤 반응을 보일까? 아빠에게도 신경 쓰지 말라고 화를 낼까? 정말로 나쁜 생각을 하면 어쩌지?

어떤 게 더 최악일지 형수는 감도 잡히지 않는다.

"김은재가 안 한다고 하면 어떡해?"

"할 거야. 요새 얼마나 열심히 하는데."

"그럼…… 전학 가겠네?"

"슬슬 준비해야지. 그 전에 부모님을 한번 만나 뵈면 좋은데. 너 은재 집 어딘 줄 알아?"

아빠의 말에 형수는 마치 뾰족한 것에 찔리기라도 한 듯 놀란다.

"아, 아니. 내가 걔네 집을 어떻게 알아. 친하지도 않은데."

형수는 아빠가 제발 아무것도 모르길 바라면서 동시에 어서 알아차리길, 그래서 은재를 지옥 구덩이에서 건져 주길 바라고 있다.

시꺼먼 하늘 아래, 거리가 반짝반짝 빛을 내고 세상은 한 걸음 뒤로 물러서 있다.

17

 아침부터 교실이 소란하다. 형수는 어제 우영이 자신을 버리고 반장과 우산을 쓰고 가 버린 일 때문에 입을 불퉁하게 내밀고 있다.

 "너 반장 좋아하지?"

 형수의 물음에 우영의 얼굴이 빨개진다.

 "아니."

 "구라 치네."

 "진짜 아닌데."

 "아닌 애가 어제 그렇게 반장한테 쪼르르 달려가냐?"

 형수는 눈을 가늘게 뜨고 의심의 눈초리로 우영을

바라본다. 어쩐지 반장에게 라이벌 의식 같은 게 느껴지는 형수다.

"그, 그거야 같은 학원 다니니까, 바로 학원에 가려고 그랬지."

"개구라."

"구라 아니야."

얼굴이 시뻘게져서는 손까지 휘휘 내저으며 아니라고 하는 우영이 형수는 더 못마땅하다.

"솔직히 말해 봐. 진짜 반장 안 좋아하냐?"

누구에게나 이런 순간이 있다. 아주 짧고 대수롭지 않은 순간이기에, 많은 이들이 이러한 순간이 얼마나 많은 것을 바꿔 놓을지 상상도 하지 못한다. 인생은 그렇게 대수롭지 않게 덫을 놓곤 하니까. 그리고 지금 우영이 그 덫을 향해 뛰어들고 있다.

"아, 안 좋아한다니까."

"근데 왜 내 눈에는 네가 좋아하는 것처럼 보이지?"

"아니라니까."

나는 빨개진 우영의 두 뺨을 바라보면서 답답한 가슴을 쿵쿵 내리친다.

"네가 장미꽃 주고 이벤트 하면 반장이 나 깔 거라고 해서 억지로 한 거 알잖아. 난 네가 시키는 대로 한 것밖에 없는데……"

때로 인간들은 다른 사람의 눈치를 보느라 진짜 자신의 속마음조차 깨닫지 못한다는 걸 안다. 하지만 지금은 아니다. 지금은 그래선 안 된다.

"진짜냐?"

"다, 당연하지. 내가 타노스 남친이라는 말을 얼마나 듣기 싫어하는데."

아니야, 김우영. 그만해. 더는 아무 말도 하지 않는 게 좋겠어. 나는 우영의 입을 다물게 하기 위해 녀석들의 목덜미에 서늘한 입김을 불어 넣는다.

섬뜩한 느낌에 뒤를 돌아본 녀석들은 그제야 내 경고의 의미를 깨닫는다.

"바, 반장……"

굳은 표정의 반장을 보자마자 형수는 입을 틀어막고 우영은 귀신이라도 본 듯 자리에서 벌떡 일어난다. 하지만 그게 다. 우영은 매섭게 돌아서는 반장을 부르지도 붙잡지도 못한다. 반장의 손에 딸기우유가 들려 있어서다.

154

나는 안타까움에 탄식을 내뱉는다. 지금, 적어도 두 사람은 하늘이 무너지는 기분을 느끼고 있는 중이니까.

●

"감독님, 감독님! 은재 언니 좀 보세요. 갑자기 엄청 잘해요."

아영이 귀여운 고자질쟁이처럼 다가와 자랑을 늘어놓는다. 지난 보름 새 은재의 실력이 눈에 띄게 좋아진 것이다.

누군가는 축구 한번 해 본 적 없던 아이가 해 봐야 얼마나 잘하겠느냐고 할지도 모르겠다. 맞다. 아직 부족한 건 사실이지만, 분명한 건 매일 밤마다 미친 듯이 연습하고 또 했다는 거다.

"그래? 어디 나도 좀 보자."

은재는 이마에서 흐르는 땀을 닦으며 부끄러운 듯 고개를 젓고, 최 감독은 그런 은재를 보며 환히 웃는다.

"이제 애들이랑 같이 뛰어 봐야지."

"네?"

"지영아, 우리 새로 주문한 유니폼 있지?"

최 감독의 말에 지영이 오케이 신호를 보내고는, 어리둥절해 있는 은재의 손을 이끈다.

"이야. 잘 어울리네."

최 감독의 말과 달리 은재는 유니폼이 낯설기만 하다. 은재는 다홍색 줄무늬 유니폼 위로, 매일 입고 다니던 검정색 카디건을 그대로 입고 있다. 불편한지 자꾸만 옷을 매만지는 은재를 최 감독이 유심히 바라본다.

"뛰면 더워질 텐데 카디건은 벗고 하지?"

"아니요. 괜찮아요."

"땀 냄새 배. 그냥 벗고 해."

"맞아, 언니. 운동장 뛰면 땀 엄청 나."

"괜찮다니까요."

유난히 날카로운 은재의 반응에 아영이 민망한 듯 웃고, 최 감독은 그저 어깨를 으쓱하고 만다.

"그래. 뭐, 아무렴 어떠냐. 몸부터 풀자."

아이들은 삼삼오오 모여 짝을 맞춰 몸을 푼다. 간단하게 스트레칭을 하고 제자리 뛰기를 한다. 그러느라 은재의 반바지가 올라가고, 최 감독의 눈에 멍든 은재의 허벅지가 들어온다. 시퍼렇거나 노랗거나 보라색으로 물든 보기 흉한 멍들이다. 최 감독은 한눈에 그게 하루 이틀로 생긴 멍이 아니라는 걸 안다.

"은재야. 너 잠깐 나 좀 보자. 다른 애들은 운동장 뛰고 있어."

최 감독은 조용히 은재를 컨테이너 뒤로 데리고 간다. 은재는 자기가 뭔가를 잘못한 걸까 봐 마음을 졸이고 최 감독은 어떻게 이야기를 꺼내야 할지 잠시 망설인다.

"다리에 그거 어떻게 된 거야?"

최 감독의 말에 은재는 황급히 유니폼 바지를 끌어 내린다.

"아무것도 아니에요."

만약 은재가 태연하게 어딘가에 부딪혔다라든가 계단에서 넘어졌다고 했다면 최 감독은 안심했을지도 모른다. 아니, 다른 사람들이 그러듯 모르는 척 넘어갔을지도 모른다. 하지만 아무것도 아니라는 말은 그냥 넘어갈 수 없는 말이다. 최 감독은 자꾸만 은재의 검은 카디건이 신경 쓰인다.

"너 카디건 좀 벗어 봐."

"싫은데요."

최 감독은 확인을 해야겠다는 듯 성큼 다가가 은재의 손목을 가리고 있는 긴팔을 끌어 올려 팔이 훤히 드러나도록 한다.

"뭐 하는 거예요!"

그리고 상처투성이인 팔을 보고야 만다. 허벅지에 있는 멍이랑은 비교도 되지 않을 만큼 끔찍하다. 보라색으로 멍든 팔 곳곳에는 아무렇게나 아문 피딱지까지 앉아 있다. 최 감독의 두 눈이 커지고 마치 공포에 질린 사람처럼 떨린다.

"너…… 이거 뭐야. 왜 이래?"

"아무것도 아니에요."

"아니긴 뭐가 아니야. 솔직하게 말해. 누가 이랬어?"

"신경 쓰지 마세요."

신경 쓰지 말라고? 최 감독은 분노를 느낀다. 누가 고작 열다섯 살짜리 아이 몸에 이따위 멍을 만든 걸까.

"빨리 말 안 해?"

"넘어졌어요. 됐죠?"

은재는 빨리 이 상황에서 벗어나고 싶다. 최 감독의 손을 뿌리치고 다시 카디건을 손목 끝까지 내리고 아무 일도 없었던 것처럼 모든 게 조용히 지나갔으면 좋겠다고 생각한다. 그냥 숨이 끝까지 찰 때까지 달리고, 아무 생각도 하지 않고 오로지 공만 보고 나아가고 싶다.

"어디서 어떻게 넘어졌는데?"

"무슨 상관이에요. 담임 쌤도 아니잖아요."

"그래서 너희 반 담임은 네가 이 꼴인 거 알고 있냐?"

은재는 입을 다물고 최 감독의 눈을 피해 버린다. 더 이상 할 수 있는 말이 없어서다.

"너 왕따냐? 친구들이 때려?"

"신경 *끄*라고요. 짜증 나게 진짜."

은재는 운동장으로 달려 나가고 최 감독은 단단히 화가 난 듯 은재가 달려 나간 곳을 바라본다.

18

"미안해."

형수가 초조한 듯 입술을 깨물며 사과를 하지만 우영은 아무런 대답도 하지 않는다.

"아 씨, 반장이 뒤에 있는 줄 모르고……."

반장은 그 뒤로 별말이 없었다. 문제는 둘을 아예 유령 취급 한다는 거지만. 방금도 그랬다. 학교 수업이 끝나자마자 우영이 반장을 불러 세웠지만 반장은 본척만척 무시해 버렸다.

우영은 가뭄에 시든 풀처럼 고개를 숙이고 한숨만 내쉰다. 형수는 모든 게 자기 탓인 것만 같아 머리가 복잡하다.

지이잉.

아빠에게서 온 전화다. 형수는 슬쩍 우영의 눈치를 보다 전화를 받는다.

"어, 아빠."

"너 누가 은재 괴롭히는지 알지?"

아빠의 목소리는 낮고 단호하다. 형수는 결국 벌어질 일이 벌어지고 말았다는 사실에 어쩔 줄 모른다. 휴대폰 너머로 들려오는 목소리에 우영도 잔뜩 긴장한 눈치다.

"아무리 막 나가는 놈이라도 그렇지 애를 그렇게 만들어? 누구야, 빨리 말해."

최 감독도 알고 있다. 그런 아이들은 무서울 게 없는 아이들이라는 걸. 하지만 최 감독은 무서운 게 없다면 무서운 걸 만들어 주고야 말겠다고 생각한다.

"빨리 말하래도."

"아빠, 그, 그게……."

형수는 말을 해야 할지 말아야 할지 알 수 없다. 도대체 왜 안 좋은 일들은 기다렸다는 듯이 한꺼번에 몰려드는 걸까. 반장 일만으로 충분히 머리 아파 죽을 지경인데 아빠까지 불을 지피니 정말이지 머리가 까맣게 타들어 가는 것만 같다. 아빠에게 모든 걸 말하고 은재를 도와 달라고 말해야 하는 걸까. 하지만 그랬다가 은재가 알기라도 하면…….

'다른 애들한테 내 얘기나 하지 마. 하기만 해 봐. 확 죽어 버릴 테니까.'

은재의 말이 생각나 차마 어떤 말도 할 수가 없다. 은재가 일부러 그 사실을 숨기는 거라면 그러는 이유가 있지 않을까.

"……나도 잘 몰라."

최 감독은 아들이 짧은 침묵 속에 뭔가를 숨기고 있음을 대번에 알아차린다. 말할 수 없는 뭔가가 있는 거다.

"알겠다. 너희 담임 선생님 전화번호 아빠한테 보내. 은재 부모님은 은재가 맞고 다니는 거 알고 있어? 애가 그 지경이 되도록 어른들이 아무것도 안 했다는 게 말이 되냐고. 내가 이번 기회에 은재 부모님 좀 만나서……."

"안 돼, 아빠!"

형수는 다급하게 아빠의 말을 막아 세우고, 최 감독은 본능적으로 뭔가가 잘못되었음을 깨닫는다.

·

　또 시작이다. 엄마의 목소리에 날카로운 가시가 잔뜩 서 있다.

　"너 오늘 학원에서 시험 쳤지? 시험지 내 봐."

　"……."

　우영의 엄마는 잘 다녀왔냐는 말도 하지 않고 시험지부터 찾는다. 우영은 죄인처럼 고개를 숙이고 엄마는 그 모습에 얼굴이 확 굳는다.

　"학원 안 갔니?"

　"이, 이따가 저녁에 가려고."

　"또, 또! 말 더듬지 말고 똑바로 말하라고 했어, 안 했어? 맨날 바보같이 어버버, 어버버."

　정말이지 오늘 우영은 학원에 앉아 있을 기분이 아니었다. 반장이 상처받았을 걸 생각하니 가슴이 답답해져 왔다. 때문에 한참을 길에서 서성이다가 집으로 간신히 들어온 우영이지만 엄마 눈에는 다 죽어 가는 우영의 얼굴 같은 건 보이지 않는 모양이다.

　"네가 그러면 그렇지."

　우영의 엄마는 학원도 가지 않고 어디 있다 왔냐는

당연한 걱정 대신 분노를 터트린다. 아들이 시험 치기 싫어 일부러 피하고 있다고 생각하는 거다. 엄마는 가슴이 답답해 터져 버릴 것 같다. 그저 자리에 앉아 공부를 하는 일이 뭐가 어렵다고 매번 이렇게 속을 뒤집어 놓는 걸까.

"네가 성공해야 엄마가 성공하는 거라고 몇 번 말했어? 네가 실패하면 엄마 인생까지 실패하는 거라고 몇 번을 말해, 몇 번을!"

엄마는 고함을 지르다 못해 악악 소리를 지른다. 그럴 때마다 엄마의 목에 굵은 핏줄이 튀어나온다.

우영의 엄마는 아들이 백 점을 맞아야 자신의 인생도 백 점이 된다고 생각한다. 시험 점수가 인생의 점수가 될 수는 없는 법임에도 그랬다. 엄마는 모든 걸, 자신이 놓쳤던 모든 것을 우영에게 걸었다.

엄마는 우영을 위해 너무 많은 것을 포기했다고 생각했고 그런 생각이 들면 들수록 아들에게 집착하기 시작했다. 우영이 걸음마를 시작하던 무렵부터, 두뇌 발달을 도와준다는 건 뭐든 했다. 체험 학습, 놀이 학습, 창의 학습, 닥치는 대로 우영을 데리고 다녔다. 그게 갯벌이든 황토밭이든 시간이 얼마나 걸리든 신경 쓰지 않았다. 그 기억이 우영에게는 엄마와의 즐거운 추억으로 남았고, 엄마에겐 투자의 시간으로 남았다. 백 점짜리 아들을 얻어 백 점짜리 인생을 살았노라고 말하기 위한 투자였다.

"내가 너한테 돈을 벌어 오라고 하니, 남들처럼 전교 1등을 하라고 하니. 그냥 학원에 가서 공부 좀 하다 오는 게 그렇게 어려워? 넌 엄마가 얼마나 힘든지 모르지? 그걸 알면 학원 빼먹을 생각은 죽어도 못 하지."

"아, 안 간다는 게 아니라……."

"핑계 댈 생각 하지 마. 네 정신머리가 그 모양 그 꼴이니까 성적이 그따위인 거야."

우영은 한숨을 내쉰다. 오늘만큼은 제발 그만, 이제 그만했으면 좋겠다고 생각하지만 엄마는 멈출 줄 모른다.

"왜 사니? 뭐 하러 살아. 게임하려고 사니? 하루 종일 게임하고 쓸데없이 싸돌아다니는 거 말고 네가 할 줄 아는 게 뭐가 있어? 다른 애들은 잘만 하는데 왜 너만 그 모양이냐고, 너만!"

우영의 엄마가 매서운 말을 토해 낸다. 그 차갑고

날카로운 말에 우영의 가슴은 너덜너덜해질 때까지 찢기고 또 찢긴다.

나는 우영의 어깨를 감싸 안고 귀를 틀어막으라고 속삭인다. 저런 말들은 들을 필요 없어. 전부 쓰레기일 뿐이야. 아주 잠깐 네 귀를 스쳐 지나가고 말 것들이야.

하지만 형체도 없이 스쳐 지나가야 할 말들은 우영의 가슴에, 머릿속에 망치질을 한 것처럼 깊게 새겨진다. 숱하게 이런 말들을 들어 왔지만 한순간도 잊힌 적 없었다. 이미 너덜너덜해진 가슴이 또다시 상처를 입을 수 있다는 게 놀랍다.

"너도 네 아빠랑 똑같아. 그저 지금만 모면하면 그만이지? 넌 네가 뭘 잘못했는지도 모르지? 내가 저딴 놈을 믿고…… 너 같은 걸 아들이라고!"

날카로운 말이 쏟아지는 동안 우영은 고개를 숙인다.

지금은 물러 터진 녀석처럼 보이지만 언제까지 이 모습일 리 없다. 녀석은 참고 있을 뿐이다.

나는 이렇게 물러 터진 녀석들이 한순간에 돌변해 돌이킬 수 없는 일을 저지르는 걸 많이 봤다. 내가 손

쓸 틈도 없이, 이 가여운 아이들이 망가져 가는 모습을 수십 번 수백 번 지켜봐야 했다.

가끔 그런 부모들이 있다. 온갖 폭언과 폭력에도 부모를 이해하기 위해 애쓰는 아이들의 모습을 온순하거나, 별 탈 없이 커 주는 거라고 믿는 등신 같은 부모들이. 안일한 당신들의 생각과 달리 아이들은 점점 더 멀어지고 있다. 아이들은 당신보다 힘이 세지고, 더 이상 당신이 두렵지 않을 때 뒤도 돌아보지 않고 당신을 떠날 준비를 하고 있다.

그건 인생이 던지는 바보 같은 장난이 아니다.

그건 인생의 법칙이다.

고개를 숙인 채 묵묵히 참기만 하던 우영이 엄마를 바라본다. 그건 더 이상 우영의 눈이 아니다. 그 눈은 분노와 원망으로 가득 차 있다. 나는 차마 그 눈을 볼 자신이 없어 눈을 질끈 감고 만다.

"그만해."

"뭐?"

"그만 좀 하라고!"

폭발.

우영은 폭발하고 있다. 매번 자신을 향해 독화살을

쏘아 대는 엄마를 향해 분노를 내뿜고 소리친다. 부모를 사랑하는 마음에 숨기고 또 숨기던 분노가 더는 숨겨지지 않고 밖으로 튀어나오고 만다.

하지만 그게 다. 우영은 화산처럼 끓어오르는 마음을 다시 꾹꾹 삼켜 낸다. 녀석은 엄마가 자신에게 입힌 상처보다 엄마를 사랑하는 마음이 훨씬 더 크다. 가엾게도.

부모는 잊은 지 오래인 기억들을 우영은 여전히 간직하고 있다. 자신을 안아 주고 쓰다듬어 주던, 세상의 전부였던 엄마를.

아마 우영의 엄마는 아주 오랜 시간 동안 변하지 않을 것이다. 자신이 내뱉는 말들이 폭력이라고는 상상도 하지 못할 것이다. 그저 아들을 위한 잔소리일 뿐이라고, 아들을 채찍질해서 성공하게 만들 수만 있다면 이보다 더한 것도 할 수 있다고 생각할 테니까.

엄마는 자신이 지금 비겁하게 어린 우영을 붙잡고 상처받았다고, 나도 힘들다고 소리치고 있다는 걸 모른다.

그걸 깨닫는 순간은 아주 먼 시간이 흐른 뒤에야 올 것이다. 그리고 그때가 오면 엄마는 가슴을 치고 후회하며, 영원히 다시 오지 않을 아들의 어린 시간을 자신이 다 망쳐 놨다는 걸 깨달을 것이다.

그리고 그땐, 모든 게 그렇듯 되돌리기엔 너무 늦어 버렸을 것이다.

19

부자는 나란히 베란다에 앉아 밖을 바라보고 있다. 여름이 오려는 듯 뜨겁던 태양도 어두워지기 시작하자 언제 그랬냐는 듯 차갑게 식는다.

최 감독은 서두르지 않고 아들을 기다린다. 형수는 할 수만 있다면 이 시간을 건너뛰어 버렸으면 하는 마음이 간절하다. 하지만 침묵으로 영원히 버틸 수는 없는 노릇이다.

"아빠. 인생은 왜 이렇게 힘든 거야?"

"글쎄다. 아빠도 그게 궁금한데 언제쯤 알게 될지 모르겠다."

하아.

형수는 무거운 한숨을 내뱉는다. 무슨 말을 어떻게 시작해야 할지 알 수 없다.

"김은재…… 애들이 그런 거 아니야."

"……."

최 감독은 대답 대신 미세하게 떨리고 있는 아들의 손을 잡아 준다. 형수가 긴장되거나 초조할 때면 손을 떨다 입으로 가져간다는 걸 알고 있어서다.

형수는 한참을 고민하더니 휴대폰을 꺼내 아빠에게 내민다. 그 안에 그날 은재를 찍었던 영상이 들어 있다. 최 감독은 형수가 틀어 준 동영상을 말없이 본다. 형수는 아빠가 태연하다고 생각하지만, 사실 최 감독은 숨을 크게 들이쉰 채 내뱉지 못하고 있다.

욕설, 다급한 발소리, 무자비한 주먹과 잘못했다고 비는 은재의 모습까지.

최 감독은 이 영상이 영화가 아니라 실제로 일어난 일이라는 걸 믿을 수가 없다. 그리고 동시에 마음 한편이 새까맣게 타들어 가는 것만 같다.

"나도 우연히 본 거야."

"왜 진작 얘기 안 했어?"

"김은재가 죽어도 얘기하지 말라고 해서……."

깊은 침묵이 이어지고 최 감독은 죄책감에 사로잡힌다. 어느 날 고민 가득한 얼굴로 들어온 아들에게 무슨 일이 있느냐고 제대로 묻지 않았다는 죄책감과, 공을 차며 밝게 웃던 은재의 미소에 대한 죄책감이다.

．

두 녀석은 온종일 이러지도 저러지도 못하고 있다. 반장은 오늘도 둘을 무시한다. 우영은 반장이 차라리 화를 내 줬으면 좋겠다. 아무 말도 하지 않고 투명인간 취급을 할 때마다 숨이 턱턱 막히는 것 같다.

사과의 의미로 책상 위에 올려놓은 딸기우유는 쓰레기통에 처박힌 지 오래다. 우영은 그제야 반장이 무뚝뚝하게 챙겨 주던 딸기우유 하나가 자신에게 어떤 의미로 다가왔는지 깨닫는다. 그게 얼마나 가슴을 따뜻하게 만들어 줬는지, 얼마나 설레는 일이었는지도.

우영은 애가 타지만 반장을 불러 세울 용기는 없다.

"넌 뭐 하나 제대로 하는 것도 없지?"

엄마는 늘 그렇게 말해 왔다. 아무것도 못 한다고, 제대로 할 줄 아는 것도 없다고. 우영은 그런 말을 들고 자랐기에 정말로 스스로 아무것도 할 수 없을 거라 생각한다. 때문에 미안하다는 말 한마디조차 하지 못한다.

"우영이는 아무 잘못도 없어. 다 내가 그런 거야."

"근데?"

형수가 먼저 나서 반장에게 사과를 하지만 달라지는 건 없다.

"아니, 그러니까 내 말은…… 미안하다고."

"네가 사과하면 내가 받아 줘야 돼?"

"아니 뭐 꼭 그런 건……."

"비켜."

반장은 형수의 어깨를 치고 지나간다. 그리고 아주 짧은 순간 우영을 바라본다. 그 눈빛 한 번에 우영의 어깨는 축 처져 다시 올라올 줄 모른다.

"해도 해도 진짜 너무하네. 사람이 사과를 하는데."

형수가 궁시렁대 보지만 우영은 고개를 푹 숙일 뿐이다.

"나 먼저 갈게."

"야, 우영아…… 아 씨 모르겠다."

형수는 머리를 벅벅 긁다가 그대로 움켜쥔다. 으아

악, 진짜 환장하겠네. 도대체 뭘 어떻게 해야 하는 건지 답답하기만 하다. 누군가 엉망으로 구겨진 종이를 툭 던져 주며 이게 네 인생이다, 라고 말하기라도 한 것 같다.

형수는 한숨을 길게 내쉬고 교실에 거의 마지막으로 남아 있는 은재를 바라본다. 머리 아픈 문제들은 아직도 많이 남아 있다.

"야, 김은재."

은재를 불러 놓고도 형수는 계속 머리만 벅벅 긁을 뿐이다.

"있잖아. 저기…… 오늘 축구 연습 안 가도 돼."

"네가 나 축구하는 거 어떻게 알아?"

"우리 아빠가 정광여중 축구부 감독이야."

"……"

은재는 아무 말 없이 형수를 바라본다. 형수는 자신도 모르게 손톱을 질근질근 깨물기 시작한다.

"아빠가…… 다 알았어."

"뭘?"

"너희 아빠 문제…… 다 알았다고. 너도 알고 있어야 할 것 같아서……"

은재의 얼굴은 한순간에 굳어진다. 술에 취해 시뻘게진 눈으로 주먹을 휘두르는 아빠의 모습이 떠오른다. 은재는 두렵다. 아빠가 감독님을 어떻게 하기라도 할까 봐. 그래서 감독님마저 고개를 내저으며 은재를 영영 포기하게 될까 봐.

다른 사람들이 그랬던 것처럼.

•

쾅쾅쾅.

문 두드리는 소리가 사방으로 번진다.

쾅쾅쾅쾅.

다시 한 번 더 최 감독은 주먹 쥔 손을 현관문 위로 사정없이 내리친다. 잠시 뒤, 쿵쿵대는 발걸음 소리가 들리고 신경질적으로 문이 열린다.

"뭐야 당신?"

면도를 하지 않아 시꺼먼 수염이 아무렇게나 나 있는 마른 남자다. 현관문을 열었을 뿐인데 찌든 술 냄새와 담배 냄새가 한꺼번에 훅 끼쳐 와 절로 눈살이 찌푸려진다.

"여기 김은재 학생 집 맞습니까."

"근데?"

"김은재 학생 가르치는 선생인데요."

선생이라는 말에, 짜증 나게 또 무슨 일이냐는 듯 은재 아빠의 얼굴에 굵은 주름이 잡힌다. 선생이든 뭐든 그래서 어쩌라고, 라는 듯한 표정이다. 최 감독은 명함 하나를 꺼내 내민다.

"그래서 뭐요?"

"은재 축구 좀 시키려고요."

"축구 같은 소리 하네. 누구 마음대로."

"은재가 축구를 좋아합니다."

"지랄하고 자빠졌네."

"허락받으러 온 거 아닙니다. 통보하러 왔지."

최 감독의 말에 은재 아빠의 얼굴에 삐뚤어진 미소가 번진다.

"당신 뭐야. 뭔데 남의 자식한테 이래라저래라야? 걔는 내 거야. 내가 하라고 해야 축구든 지랄이든 할 수 있는 거라고. 알아?"

"은재가 왜 아버님 겁니까. 은재 인생은 은재 스스로 결정하는 겁니다."

"염병하네."

"아, 그리고."

최 감독은 은재 아빠의 얼굴에 주름이 잡히는 그 짧은 순간에 남자를 밀어붙여 멱살을 잡는다.

"은재 몸에 한 번만 더 멍 자국 있으면 안 참습니다."

"씨발 뭐? 이거 봐, 새끼야."

"은재 한 번만 더 때리면 너도 내 손에 죽을 줄 알라는 소리야, 이 새끼야."

"뭐 이런 개새끼가!"

은재 아빠가 거칠게 몸부림치지만 술에 취한 몸이 말썽이다. 아니, 최 감독의 단단한 팔에 멱살이 잡혔으니 맨정신이라 해도 쉽게 빠져나올 순 없었을 거다.

"똑똑히 들어. 은재 몸에 손대지 마."

"건드리면 네가 어쩔 건데."

"그땐!"

최 감독의 팔에 잔뜩 힘이 들어간다. 은재 아빠는 목이 졸려 캑캑대기 시작하고 최 감독의 눈에는 분노로 시뻘건 핏줄이 솟는다.

"어떻게 되는지 보면 아실 겁니다. 은재 아버님."

20

우영은 손을 움켜쥐었다가 다시 펼쳤다가 하면서 어쩔 줄 몰라 한다. 바로 눈앞에 반장이 있어서다.

'처음에는 형수가 하자고 해서 한 거야. 애들이 자꾸 놀리니까 차라리 차였다고 하는 게 나을 것 같아서. 근데 지금은 아니야. 나는 네가 화내는 것도 싫고, 모른 척하는 것도 싫어. 이건 진짜 진심이야. 미안해.'

몇 번이나 고민하고 연습한 말이다. 안 그래도 말주변이 없는 우영은, 다른 사람이 화를 내면 더더욱 아무 말도 하지 못한다. 혹시라도 하고 싶은 말을 못 하게 될까 봐 우영은 영어 단어를 외우듯 반장에게 하고 싶은 말을 외웠다. 하지만 달달 외운 말들을 밖으로 꺼내려고 하자 입술이 본드라도 붙은 것처럼 떨어지지 않는다.

"바, 반장."

간신히 용기 내어 반장을 부른다. 반장은 우영의 부름에 발걸음을 늦추고 휙 돌아본다.

"내 이름 몰라?"

"아니. 아, 아는데."

"근데 왜 맨날 반장이라고 불러? 여기가 학교야?"

"아, 아니."

"왜 불렀는데."

"그, 그게……."

우영의 머릿속이 하얗게 변한다. 우영의 엄마였으면 벌써 혀를 차고 가슴을 쿵쿵 내리치면서 어휴 답답해, 넌 말도 제대로 못 하니? 하며 몰아붙였을 거다. 우영은 반장 아니, 지유 역시 엄마처럼 혀를 끌끌차고 있을 것만 같다.

"이, 이거 먹을래?"

두 손이 떨리고 식은땀이 흘러내린다. 달달 외웠던 말들은 공기 중에 날아가 버린 지 오래다. 우영은 힘을 쥐어짜서 딸기우유를 내민다. 하지만 돌아오는 건 매정한 말이 전부다.

"나 딸기우유 안 좋아해."

"그치만……."

우영은 차마 말을 다 잇지 못한다. 그런 우영을 빤히 바라보던 반장이 한숨 같은 대답을 내뱉는다.

"네가 좋아하는 것 같아서 산 거였지. 나 원래 딸기우유 안 먹어."

처음엔 그저 손에 잡히는 것을 샀는지도 모른다. 때마침 두 개를 사면 하나를 더 준다기에, 별 의미 없이 사 온 딸기우유였다. 하지만 우영이 딸기우유를 가만히 내려다보던 순간, 그것을 두 손으로 폭 포개던 순간, 딸기우유는 더 이상 그냥 딸기우유가 아닌 게 됐다. 반장에게 딸기우유는 훨씬 특별한 무언가가 되었지만 우영이 그 사실을 알 리 없다.

반장은 그렇게 우영의 옆을 스쳐 지나가고, 우영은 그때부터 아무 생각도 나지 않는다. 나는 녀석이 안쓰러워 더는 두고 볼 수 없다. 우영을 돕기 위해 어떻게 반장을 멈춰 세울까 고민하던 그 순간, 녀석이 먼저 말을 꺼낸다.

"그럼 넌 뭐 좋아해?"

"뭐래."

녀석은 머리가 시키지 않은, 가슴에서 입으로 바로 튀어나오는 말을 하고 있다. 나는 눈을 동그랗게 뜨고 우영을 바라본다. 어쩌면, 내 도움이 필요 없을지도 모르겠단 생각이 든다.

"딸기우유 싫어한다며. 좋아하는 건 뭔가 해서."

"그걸 네가 왜 궁금해하는데."

"그냥 네가 좋아하는 거 주고 싶어서."

하. 반장의 입에서 기막히다는 웃음이 새어 나온다.

"이것도 최형수가 시켰어?"

"아니. 그런 거 아니야."

"최형수가 김은재 좋아했다는 것도 거짓말이지? 너네 사람을 아주 가지고 논다?"

"너 놀리려고 그런 게 아니라 은재가 걱정돼서……."

"그러니까 좋아하지도 않는데 걱정을 왜 하는데. 최형수가 아니라 네가 은재 좋아해?"

반장의 말에 우영의 눈이 빠르게 깜빡거린다. 우영은 짧은 순간 많은 말들을 머금는다. 그야 은재가 아

빠에게 매를 맞기 때문이고 그게 남 일 같지 않아서
라고. 혹시라도 은재에게 무슨 일이 일어날까 봐 너무
무섭고 걱정이 된다고 말하고 싶다. 하지만 우영의 입
에서 그 많은 말들은 한마디도 나오지 않는다. 오로
지 반장이 오해할까 봐 걱정될 뿐이다.

"그건 사정이 있어서 그랬어. 진짜야. 나 김은재 안
좋아해. 나는 너 좋아해."

쿵.

"뭐……?"

"너 좋아한다고."

때로는 수백 마디 말보다, 진심 그 한마디가 모든
걸 바꿔 놓기도 한다.

•

수업이 끝난 지 한참 지났지만 은재는 멍하게 학교
운동장을 바라보고 서 있다. 남자아이들 몇 명이 축
구를 하고 있다. 어떻게 하면 다른 사람에게 공을 빼
앗기지 않을 수 있는지, 어떻게 하면 더 정확하게 멀
리 찰 수 있는지 미칠 듯이 궁금하다. 당장이라도 달
려가 공을 차고 싶고, 숨이 턱 막힐 때까지 운동장을

달리고 싶다. 은재는 이제 동그란 공을 바라보기만 해도 가슴이 뛴다. 하지만…….

"쓸데없는 짓 하고 다니지 마라."

최 감독이 은재 집에 왔다 간 날, 그날 아빠는 은재에게 그렇게 말했다. 마치 은재는 꿈을 가져서도, 즐거운 일을 해서도 안 된다는 듯이. 그런 생각을 하기만 해도 죄가 된다는 듯이.

은재는 아무 말도 하지 못했다. 아빠에게 축구가 하고 싶다고 말하지도 못했고, 그게 왜 쓸데없는 짓이냐고 되묻지도 못했다. 은재는 아빠의 시뻘겋게 충혈된 눈을 피하며 그저 고개만 끄덕였다. 그렇게 하지 않으면 어떤 일이 벌어질지 알고 있으니까.

"육상하고 싶어요."

오래전 그날, 아빠는 단단히 화가 났다.

쿵.

커다란 주먹이 얼굴 어딘가에 닿았을 때, 쿵 하는 소리와 함께 세상도 내려앉았다. 은재는 몸을 웅크리고 두 팔로 얼굴을 가렸다. 사람들 눈에 띄어서는 안 되니까. 늘 그렇게 은재는 두 팔로 모든 걸 막아 내야 했다.

"네가 아직도 정신을 못 차렸지. 누구 마음대로 뭘 해?"

아빠는 제정신이 아닌 사람 같았다. 그때 일을 떠올리자 은재의 다리에 힘이 풀린다. 은재는 이번에도 비슷한 일이, 어쩌면 더 끔찍한 일이 벌어질지도 모른다고 생각한다.

나는 쓰러지듯 주저앉은 은재의 어깨를 감싸 안고 속삭인다. 아무 일도 없을 거라고. 내가 무슨 수를 써서라도 널 지켜 줄 거라고. 하지만 떨리는 소녀의 작은 몸은 멈출 줄 모른다.

·

때리고 부수고 몸에 상처를 입혀야만 폭력이 되는 건 아니다. 몸에 손끝 하나 대지 않고도 모든 걸 산산이 부수는 폭력은 충분히 일어날 수 있다.

"우영이 학원 늘릴 거야. 주말에 나가는 걸로 다 알아봤어."

"그놈의 학원은 지금 다니는 걸로도 모자라?"

"학원 선생님한테 전화 왔었어. 다시 성적 좋아지고 있대. 조금만 더 하면……"

"그놈의 성적, 성적, 성적! 정신이 있는 거야 없는 거야. 지금 우리 집 사정에 학원을 늘리는 게 말이 돼? 애 앞으로 돈이 얼마나 드는 줄 알아? 대출받아 학원 보내게 생겼다고."

우영의 아빠가 신경질적으로 재킷을 벗어 던진다. 엄마는 매일같이 돈타령만 하는 남편이 끔찍하게 느껴진다.

"조금만 더 하면 된다잖아! 당신은 돈이 우영이보다 중요해?"

엄마는 세상에 그 어떤 것도 우영의 성공만큼 중요한 건 없다고 믿고 있다.

"중학교 2학년이야. 그냥 애 좀 내버려 둬. 당신 그러는 거 집착이야, 알아?"

"집착? 그러는 당신은 우영이한테 관심이나 있어? 허구한 날 돈, 돈, 돈! 당신이 우영이한테 뭘 해 줬는데."

우영의 아빠는 결혼 후 아내가 무엇을 포기했고, 무엇을 잃었는지 알고 있었음에도 아무것도 하지 않았다. 아들이 어떻게 자라는지, 아내가 어떤 마음으로 하루를 보내는지 관심조차 주지 않았다. 아빠에게는 언제나 일이라는 핑계가 있었고, 때문에 그래도 된다고 여겼다.

"당신이랑 결혼하고 내 인생 다 망쳤어, 알아? 너 때문에 다 끝났다고!"

"또 그 소리. 지겹지도 않아? 넌, 잘되면 네 탓이고 못되면 다 내 탓이지?"

"내가 누구 때문에 이렇게 됐는데!"

"제발 좀! 이놈의 집구석은 하루도 조용한 날이 없어."

방문 너머로 아빠 엄마의 고함 소리가 새어 들어온다. 우영은 이불을 덮고 이어폰을 낀 채 최대한 큰 소리로 음악을 듣는다.

엄마 아빠가 싸우는 소리는 지긋지긋할 만큼 들었다. 어릴 적에는 귀를 잡아 뜯어 버리고 싶었던 적도 있었다. 그렇게 하면 나 때문에 엄마 아빠가 싸우는 걸 듣지 않을 수 있을 것만 같았다. 하지만 지금 우영은 귀를 잡아 뜯는 대신 노랫소리에 귀를 기울이고 눈을 감는다. 화려한 아이돌의 노래는 무뚝뚝한 반장의 목소리로 변해 간다.

"뭐……?"

"너 좋아한다고."

우영의 진심에 반장은 한참 동안 우영을 바라보았다. 못 미덥다는 눈빛으로, 또 무슨 장난을 하려는 거냐는 듯한 눈빛으로. 하지만 반장은 이내 우영이 장난을 치는 것이 아님을, 진심으로 한 말임을 깨달았다.

"넌 대체로 쪼다 같은데."

반장은 투덜대는 말투로 입을 열었다. 좋아하는 사람에게 쪼다라는 말을 듣는 것만큼 우울한 일도 없을 거다. 우영은 그 순간 세상에서 제일 쪼다 같은 머저리가 됐다.

"가끔은 진짜 괜찮은 거 알아?"

우영은 자신이 무슨 말을 들은 건지 이해가 되지 않았다. 분명 쪼다 같다고 했는데, 그랬는데…….

"나도 너 좋아한다고."

그래. 반장은 분명 그렇게 말했다.

학원에서 있었던 일을 떠올리며 우영의 입가에 옅은 미소가 번져 간다. 사람의 말이란 이렇게 별것 아니면서 동시에 대단한 것이다. 한 사람의 말이 한 사람의 삶을 완전히 바꿔 놓을 수도 있다는 게 믿기지 않는다.

만약 우영이 반장을 만나지 못했다면, 갑작스레 고백을 하지 않았다면, 우영은 자신이 얼마나 괜찮은 사람인지 알지 못했을 거다. 엄마가 늘 말했던 것처럼 우영은 자신이 쓸모없고 아무것도 못 하는 바보 천치라고 생각했을 거다. 하지만 지금은, 어쩌면 꽤 괜찮은 사람이 될지도 모른다는 걸 알고 있다.

아이들은 스스로 자란다. 그렇게 괜찮은 어른이 될 준비를 하고 있다.

21

"안 할래요."

"그게 무슨 말이야?"

"축구 안 한다고요."

모든 걸 잃어 본 사람은 안다. 소중한 것이 생겼을 때, 지키고 싶은 것이 생겼을 때 얼마나 불안하고 두려운지.

"어차피 할 수도 없어요. 축구하려면 여기로 전학 와야 하는데 우리 아빠가 전학 가게 해 줄 것 같아요?"

은재는 눈에 독기를 품고 예민한 사춘기 소녀처럼 신경질을 부리고 있는 것 같다. 하지만 나는 안다. 지금 은재는 신경질을 부리는 것도 화를 내는 것도 아니다. 저 아이는 지금 슬퍼하고 있다. 눈물이 나지 않게 하려면 이 방법밖에 없다는 걸 알고 있는 거다.

"네가 그런 걱정을 왜 해? 내가 다 알아서 할 거니까 넌 그냥 공이나 차."

최 감독의 말에 은재는 코웃음을 친다. 그 말을 믿지 않는 거다. 너무 많은 어른들이 그래 왔다. 아주 어린 시절부터 지금까지.

•

"진짜? 진짜로 그만둔다고 했대?"

"머리 아파 죽겠네."

우영의 물음에 형수가 머리를 헝클며 한숨을 내쉰다. 어젯밤 아빠는 은재가 축구를 그만두겠다고 했다는 말을 전했다.

"왜? 김은재한테 무슨 일 있대?"

"몰라. 아빠도 한번 알아본다는데, 나더러 다크나이트랑 얘기 좀 해 보라잖아. 내가 얘기한다고 뭘 말해 주겠……."

반장이 다가오자 형수는 죄라도 지은 사람처럼 서

둘러 자기 입을 막는다. 반장은 티 나게 수상한 형수를 향해 못마땅한 눈빛을 보내면서, 두 녀석의 책상 위에 우유를 올려 둔다. 이번에는 커피우유다.

"뭔데. 이 익숙한 상황은? 너희 화해했어?"

"응."

와. 그 난리를 부릴 땐 언제고. 형수는 입을 쩍 벌린 채 우영과 반장을 번갈아 바라보고, 우영은 뭐가 좋은지 수줍게 웃는다.

"내 건 뭐 하리 챙긴대?"

"투 플러스 원. 두 개 사니까 하나 주더라."

"그러니까 지금 내 건 공짜로 얻은 거라 이거냐?"

"싫음 말고."

"누가 싫대? 쳇. 말이라도 그냥 샀다고 하면 어디 덧나나."

"시끄럽고. 아까 하던 얘기나 마저 해. 그래서 은재한테 뭐라고 말할 건데."

다 알고 있는 듯한 반장의 말에 형수는 눈을 동그랗게 뜨고 우영을 바라본다.

"미안해. 얘기를 안 할 수가 없었어."

우영은 은재 이야기를 누군가에게 한다는 게 마음

에 걸렸지만, 지유에게만큼은 어떤 것도 숨기고 싶지 않았다.

"괜찮아. 어차피 우리가 할 수 있는 것도 없고……. 아, 진짜 모르겠다."

형수는 정답이 없는 문제를 마주한 사람처럼 고개를 떨군다.

"아무것도 못 하지. 근데 그냥 우리가 여기 있다고 얘기해 줄 수 있잖아. 세상 사람들이 다 외면하는 것 같아도 우린 널 이렇게 지켜보고 있다고. 네 걱정 하고 있다고."

반장의 말에 모두 입을 다문다. 아무것도 하지 못하고 그저 이렇게 지켜봐 주는 게, 고작 이런 것들이 뭘 할 수 있을까.

"혹시 알아? 그게 힘이 될지."

아이들은 자신이 뭘 할 수 있는지 모른다. 학대를 당하는 친구에게 어떻게 도움을 줘야 하는지도 모르고, 어떻게 다가가야 하는지도 모른다. 가끔 '네 걱정 하고 있다'는 말은 아무 힘도 되지 못한다. 하지만 때로는, 그런 것들이 인생 전부를 바꿔 놓기도 한다.

"김은재."

반장이 무뚝뚝한 얼굴로 은재를 부른다. 은재는 뒤돌아 반장을 보고, 반장은 별일 아니라는 듯 사물함에서 책을 꺼내며 말을 잇는다.

"너 내 별명이 왜 타노스인지 알아?"

"……."

"가끔 그런 애들이 있거든. 남의 일이라고 함부로 말하고 함부로 구는 애들. 자기 인생 아니니까 막 해도 된다고 생각하는 애들."

은재는 반장이 뜬금없이 무슨 말을 하는 건지 알 수 없다.

"근데 난 그 꼴 절대 못 보거든. 누가 내 인생에 태클을 걸면 물어뜯어서라도 못 하게 막아. 미친년이라 부르든 타노스라 부르든 상관없어. 몇 번만 그렇게 하면 아무도 안 건드려."

반장은 표정 없이 침착하게 은재를 마주 본다.

"난 힘들어하는 사람한테 힘내라, 잘될 거다, 그런 말 안 해. 쓸데없는 희망 고문이잖아."

"무슨 의미야?"

"그냥. 그때 했던 존엄사 토론이 생각나서. 죽지 못

해서 산다는 말, 좀 억울하잖아."

반장의 말에 은재는 아무런 답이 없다. 차라리 이렇게 솔직하게 말해 주는 편이 훨씬 낫다고 생각한다. 아무 희망도 없으면서, 양심의 가책 좀 덜어 보겠다고 괜찮아, 따위의 거짓말을 하는 사람들보다는 훨씬 더.

"있잖아, 나는."

반장은 무심하게 은재를 바라본다.

"죽지 못해 산다고 말하기 전에 한번 끝까지 잡아 볼 거야."

"······."

"내 인생이잖아. 난 절대로 포기 안 해. 끝까지 물고 늘어질 거야."

그 순간 은재는 무너져 내린다.

은재도 알고 있다. 자신의 삶에서 제일 먼저 자신을 포기한 사람이 자기 자신임을.

아빠가 두려워서, 자신을 모른 척하는 사람들을 마주할 때마다 생기는 상처가 끔찍해서, 수치스러운 게 죽기보다 싫어서 은재는 스스로 고통 속에 자신을 가뒀다. 어둠 속에 홀로 몸을 감싸고 꽁꽁 숨기면 적어도 더 나빠지진 않을 거라 생각했다. 그래서 조금이라도 견딜 만했던가? 은재는 스스로에게 묻고 고개를 젓는다.

아니.

너무 힘들었어. 죽을 만큼 아팠어.

은재는 자신을 꽁꽁 감싼 채 숨겨 온 것이 얼마나 바보 같은 일이었는지를 깨닫는다.

수업이 일찌감치 끝난 뒤에도, 은재는 길을 잃은 사람처럼 어디를 가야 할지 몰라 한참을 헤맨다.

"은재 언니!"

1학년 아영이 은재를 보고 밝게 손을 흔든다. 은재는 그제야 자신이 축구부 운동장에 와 있음을 깨닫는다. 나는 그런 은재를 보며 울컥, 이상한 기분이 든다. 은재가 웃고 있다. 희미하고 옅은 웃음이지만 분명 웃음이다.

'내 인생이잖아. 난 절대로 포기 안 해. 끝까지 물고 늘어질 거야.'

은재는 동그란 공을 바라보고, 자신을 향해 밝게 웃는 아영을 본다. 그리고 주먹을 꼭 쥔다. 모래처럼 빠져나가는 인생을 더는 흘려보내지 않기 위해서.

"왜 이제 와? 기다렸잖아."

은재를 기다리는 사람들이 있다. 그 사실만으로 은재는 다시 용기를 얻는다.

"빨리 가자. 연습해야지."

"아영아. 나 이제 못 나올 수도 있어."

"왜. 어디 가?"

"응."

"어디 가는데?"

"축구…… 하려고."

은재의 말에 아영이 눈썹 산을 만들며 묻는다.

"그게 무슨 말이야?"

"축구, 진짜 하고 싶어졌거든."

아영은 여전히 은재의 말이 무슨 말인지 알 수 없다.

•

"뭐?"

"축구하고 싶다고요."

은재 아빠의 입술이 씰룩이더니 한쪽으로 말려 올

라간다. 은재는 두려움에 흔들리지 않기 위해 주먹을 꼭 쥔다.

"누구 마음대로?"

"하고 싶어요. 하게 해 주세요."

"뭐?"

아빠는 이제 핏발이 선 눈으로 은재를 바라본다. 은재는 아빠의 그 눈이 두렵다. 시뻘겋게 핏줄이 터진 눈, 그 눈으로 자신을 쳐다볼 때마다 은재는 고통스러웠다. 지난 수년간 늘 그래 왔다. 아니 평생을 그랬다.

"다시 말해 봐."

아빠의 얼굴에 묘한 웃음이 걸려 있다. 비틀어지고 어긋나 있는 웃음이다. 아빠는 이 모든 게 신경에 거슬리는, 그래서 깨야만 하는 작은 게임같이 느껴진다.

"축구…… 하고 싶어요."

말이 끝나기가 무섭게 주먹이 날아온다. 은재는 피하는 대신 눈을 질끈 감아 버린다. 둔탁한 소리와 함께 은재의 몸이 비틀대며 옆으로 쓰러진다.

"다시 말해 봐."

"축구하고 싶어요."

은재의 목소리는 거의 울먹이지만 아빠는 아랑곳하지 않는다. 오로지 자기 말을 거역하고 있다는 사실에만 초점을 맞출 뿐이다. 아빠는 이제 은재의 멱살을 잡고 흔든다. 은재의 영혼이 통째로 흔들린다.

"다시 말해 봐!"

은재의 영혼은 두려움에 웅크린다. 등을 보인 채 머리를 감싸 쥐고 살려 달라고 소리치고 또 소리친다. 이제 잘못했다고, 다시는 그런 말을 하지 않겠다고 말할 차례다. 하지만, 하지만 은재는 그러지 않는다.

"제발요, 제발 하게 해 주세요. 신경 쓰지 않게 할게요. 돈 달라고도 안 하고 지금이랑 똑같이 할게요. 그러니까 제발 하게만 해 주세요."

은재의 말이 아빠의 신경을 박박 긁어 놓는다. 아빠는 더 이상 이 분노를 참을 수가 없다. 아빠는 거친 숨을 내쉬고 주변을 두리번거리며 뭔가를 찾는다. 은재를 더 두렵게 할 만한 것, 은재의 입을 닥치게 만들 수 있는 것, 두 번 다시 자신에게 기어오르지 못하게 할 만한 것.

아빠의 시선 끝에 식탁 의자가 들어온다. 아빠는 씩씩대며 걸어가 의자를 머리 위로 치켜든다. 그러곤 다시 묻는다.

"다시 말해 봐."

인생은 끔찍하지만 인간은 그보다 훨씬 더 끔찍하다.

22

"누구, 은재?"

지영은 뜬금없이 찾아온 감독님의 아들이 어째서 은재를 찾는 거냐는 의미로 되묻는다. 형수는 우물쭈물하다 머리를 긁적인다. 그런 형수가 답답하다는 듯 반장이 나선다.

"오늘 은재가 학교에 안 왔는데 여긴 왔나 해서요."

오늘 은재는 학교에 나오지 않았다. 다른 아이들은 별다른 관심을 가지지 않았지만 형수와 우영은 그럴 수 없었다. 은재의 상황을 알고 있는 반장 역시 마찬가지였다. 반장이 담임 선생님을 찾아가 물었지만 돌아오는 대답은 연락이 닿지 않으니 일단은 기다려 보자는 말뿐이었다.

선생님은 걱정하지 말라는 듯, 별일 아닐 거라는 듯 반장의 어깨를 두드렸지만 그건 분명 걱정하지 않을 일도, 별일 아닌 일도 아니었다. 녀석들은 종일 은재의 빈 책상을 바라보며 가슴에 구멍이 뚫린 것 같은 이상한 기분이 들었다. 그건 불길한 예감이었고, 초조함이었으며 동시에 두려움이었다.

축구부에 가 보자고 먼저 얘기를 꺼낸 사람은 반장이었다. 학교엔 나오지 않았지만 축구부에는 나왔을지도 모른다는 생각이 들어서다. 축구부를 그만두겠다고 했다던 은재의 말은 떠오르지도 않았다. 혹시라도, 어쩌면, 작은 확률의 희망이라도 놓치고 싶지 않았다.

"아니. 은재 어제부터 못 봤는데."

지영의 말에 녀석들의 얼굴에 그림자가 드리운다. 지영은 셋의 표정에서 불안함을 읽고, 어쩌면 은재에게 무슨 일이 있을지도 모른다는 두려움에 빠진다.

"은재한테 무슨 일 있어?"

지영이 묻지만 셋은 아무 답이 없다. 녀석들도 알지 못하기 때문이다.

형수는 자꾸만 자기 때문에 이런 일이 생긴 것만 같다. 은재가 축구부를 그만둔다고 했다는 이야기를 들었을 때, 은재와 이야기를 나눠 보라는 아빠의 말을 들었을 때, 한번 말이라도 걸어 볼걸. 혹시 무슨 일이 있는 거냐고 물어보기라도 할걸. 형수는 모든 게 후회스럽다.

우영은 알지 못할 불길함에 몸을 떤다. 학교도, 축구부 연습도 나오지 않았다니. 그럼 은재가 어디로 갔다는 거지? 형수에게 축구부를 그만둔다는 이야기를 들었을 때 그렇게 흘려들으면 안 되는 거였다. 적어도 자신은 그렇게 해서는 안 되는 거였다고 생각한다.

반장은 자신이 한 말이 자꾸만 마음에 걸린다. 괜한 말을 한 걸까. 그래서 은재가 학교에 나오지 않는 걸까. 조금 더 조심스럽게 말을 했어야 했는데…….

"어, 은재 언니 어제 왔다 갔는데."

지영은 어제 은재가 왔다 갔다는 사실을 모르고 있었기에 아영의 말에 깜짝 놀란다.

"은재가 어제 왔었다고?"

"응. 축구 못 할 수도 있다고 그러면서 갔어. 근데 좀 이상했어."

"그게 무슨 말이야?"

"은재 언니 말이야. 축구가 진짜 하고 싶어졌다고, 그래서 못 나올 수도 있다고 그러던데. 근데 언니, 축구가 하고 싶은데 왜 못 나와?"

"그 얘길 왜 이제 해!"

지영의 얼굴이 딱딱하게 굳는다. 초등학교 시절, 지영의 친구도 꼭 은재처럼 긴팔만 입고 다니는 아이가 있었다. 처음엔 아무리 더워도 긴팔을 입는 게 이상했지만, 사실을 알고 나서부터는 하나도 이상하지 않았다. 말하지 않았지만 지영도 다 알고 있었던 거다. 아무리 더워도 꼭 챙겨 입던 카디건, 조금씩 보이던 허벅지의 상처들, 그 많은 멍 자국들…….

어린 날 지영은 자신이 친구를 지킬 수 없다는 사실을 깨달았다. 그리고 스스로에게 묻는다. 지금도 여전히 친구를 지킬 수 없느냐고. 맞다. 지영은 아직 어린 소녀일 뿐이고 폭력 앞에 아무것도 할 수 없을지도 모른다. 하지만 지영은, 모른 척 눈을 감는 일 따위는 두 번 다시 하지 않을 생각이다.

"너희 은재 집 어딘 줄 알아?"

"알긴 아는데……."

지영의 물음에 형수가 망설이며 답한다.

"언니 어디 가려고?"

어쩐지 불안해진 아영이 묻지만 지영은 걱정하지 말라는 듯 아영의 어깨를 툭 치며 웃는다.

"넌 여기 있어. 우리가 은재 데려올 테니까."

"언니……."

"은재 오면 다 같이 축구하자."

다 같이 축구하자. 다 같이.

지영의 말이 운동장을 맴돌고 또 맴돈다. 나는 이들의 어깨 위로 손을 얹고 고개를 숙여 다짐한다. 무슨 일이 있어도 이 아이들을 지켜 내겠다고.

"왜 다들 이러고 있어?"

최 감독이 눈살을 찌푸린다. 연습을 게을리한 적 없던 아이들이다. 하지만 지금 아이들은 훈련을 하는 둥 마는 둥 시큰둥하다. 누구보다 성실히 훈련하던 진아마저 휴대폰을 꼭 쥐고 있을 뿐이다. 지영이 도움을 청해 오면 언제든 달려 나가기 위해서다.

"지영이는 어디 갔어?"

최 감독의 물음에 진아는 고개를 숙여 눈을 피한

다. 최 감독의 이마에 주름이 깊게 새겨지자 아영이 입을 연다.

"감독님, 그게……."

"진아영!"

진아가 아무 말도 하지 말라는 듯 아영의 이름을 부르며 눈치를 준다. 아영은 곧장 입을 닫지만 불안함에 입술을 질근질근 깨문다. 그 모습을 최 감독이 놓칠 리 없다.

"지영이한테 무슨 일 있어? 김진아, 네가 말해 봐."

"……."

"빨리 말 안 해?"

최 감독의 목소리가 낮게 으르렁거린다. 그건 단단히 화가 났다는 뜻이고 더는 지켜보지 않겠다는 뜻이다. 진아는 숨을 크게 들이마신다.

"김진아."

"은재…… 데리러 갔어요."

"뭐?"

순간 최 감독은 심장이 툭, 내려앉는 듯 섬뜩한 기분을 느낀다. 그때 아영이 머뭇거리며 최 감독 곁으로 한 걸음 다가온다.

"아까 은재 언니 친구들이 찾아왔었어요. 오늘 학교에 안 나왔다고. 그래서 지영이 언니가 은재 언니 데려온다고……."

아영이 말을 채 다 끝내기도 전에 최 감독은 눈을 질끈 감는다. 지독한 술 냄새를 풍기던 그 남자가 있는 곳으로 아이들이 찾아갔다는 사실을 믿을 수가 없다. 최 감독의 발걸음이 조금씩 빨라지기 시작한다.

23

    은재는 눈을 감고 울음을 참아 낸다. 소녀의 마음에는 이제 분노조차 없다. 머리를 끌어안고 작은 벌레처럼 몸을 구부리지만 온몸에 퍼져 가는 고통은 사라지지 않는다.

    절대 나가지 않을 거야. 절대로. 은재는 이 어둠 속에서 견디기로 했다. 그게 견디는 건지 죽어 가는 건지 알 수 없지만.

    아빠는 두 번 다시 축구를 하지 않겠다는 약속을 받아 냈다. 그러고도 분이 풀리지 않는지, 꼴도 보기 싫다며 은재를 방에 가두었다.

    "너 같은 년은 반성할 줄을 몰라."

은재는 늘 그랬듯 몸을 웅크리고 무릎을 꽉 껴안는다. 그러곤 이대로 눈을 감았다 뜨면 세상이 끝나 버렸으면 좋겠다고 생각한다. 하지만 눈을 감았다 떴을 때, 세상은 끝나 버리는 대신 작은 노크를 보낸다.

톡톡톡.

"김은재. 너 거기 있어?"

노크 소리가 들렸을 때, 은재는 그것이 세상의 노크가 아니라 누군가 창문을 두드리는 소리라는 걸, 그것도 아주 익숙한 목소리라는 걸 깨닫는다.

"거기 있으면 대답해. 김은재?"

눈이 터질 듯 커진 은재는 거실에서 잠들어 있을 아빠 기척을 살피다, 재빨리 창문을 연다. 그곳에는 환한 빛과 함께 녀석들이 서 있다.

"너희 미쳤어?"

문이 열리자 녀석들의 얼굴이 밝아지다, 아주 짧은 순간 급격히 어두워진다. 은재의 방이 눈에 들어와서다. 방은 말 그대로 처참하다. 몇 없는 책들은 찢어진 채 뒹굴고 있고 제대로 된 옷가지조차 보이지 않는다. 책상이라고 하나 있는 것도 이미 한번 부러졌는지, 책상 다리에 노란 테이프가 둘러져 있다. 그 흔한 거울 하나 없는 방에서 은재는 너무 많이 울어서 퉁퉁 부어 버린 눈으로 녀석들을 바라보고 있다. 공포에 질린 듯 연신 방문을 바라보고 또 바라보면서.

아이들은 모두 입을 다문다. 저곳에서 은재가 어떤 끔찍한 일을 겪었을지 상상조차 하고 싶지 않다는 듯이. 입술을 꼭 다물고 방을 보던 반장이 결심이라도 한 듯, 눈에 힘을 주고 말한다.

"너 데리러 왔어."

하지만 은재는 눈 하나 깜빡이지 않는다. 오히려 화가 난 듯 잔뜩 굳은 얼굴을 할 뿐이다.

"안 가. 그러니까 너희들도 다 돌아가."

차갑게 말하던 은재의 시선이 지영에게 닿는다. 은재는 지영과 함께 공을 차던 순간을 떠올리고 당장이라도 눈물을 터트리고 싶어진다. 하지만 은재는 눈물을 터트리는 대신 더 독해지는 편을 택한다.

"야, 김은재."

"안 간다고. 무슨 말인지 못 알아들어? 빨리 가. 다 가라고!"

형수의 말에 은재는 날카로운 말을 내뱉고 창문을 닫아 잠가 버린다. 은재의 두 팔이 경련을 일으키듯

떨린다. 은재는 입술을 깨문다. 당장이라도 아빠가 문을 열고 뛰어나갈까 봐, 이 아이들에게도 주먹을 휘두르고 거친 말을 할까 봐 겁이 난다. 너희까지 다치게 하고 싶지 않아. 그러니까 제발, 제발 가.

은재는 모든 걸 다 잃은 사람처럼 그 자리에 주저앉아 굳게 잠긴 방문을 바라본다. 은재는 자신이 지옥에 갇혀 있음을 뼈저리게 느끼고 또 느낀다. 영원히 지옥에서 빠져나갈 수 없을지도 모른다는 섬뜩한 사실을 깨닫고 또 깨달으면서.

아이들은 닫힌 창문을 멍하니 바라보고 서 있다. 가 버리라고 소리치던 은재의 목소리가 사라지지 않고 주변을 맴도는 것 같다. 도대체 은재가 왜 저러는 건지, 어째서 도움을 거부하는 건지 녀석들은 알지 못한다. 은재가 두려워하는 것이 무엇인지도.

아이들은 정말로 돌아가야 할지, 창문을 두드려 다시 은재를 불러야 할지 판단이 서지 않는다.

고작 벽 하나를 사이에 두고 다른 세상이 펼쳐져 있다는 사실이 아이들의 말을 빼앗아 가 버린다. 어쩌면 지옥에서 빠져나오는 일은 고작 벽 하나를 넘는 일일지도 모르지만 지금 녀석들에게 벽은 거대한 산

보다 훨씬 더 높고 끔찍하게 느껴진다.

형수는 처음 폭력을 목격하던 그 순간이 떠오른다. 은재가 폭력을 당한다는 걸 알면서도 얼른 창문을 닫고 잠가 버리던 아주머니의 모습이 지워지지 않는다.

'내가 안 해 봤을 것 같아?'

'아무 소용 없어.'

언젠가 은재가 했던 말이 떠오르고 형수는 이제야 그게 무슨 의미인지 알 것 같다. 아무도 도와주지 않을 거라는 생각은 상황을 훨씬 더 두렵게 만들고 자꾸만 포기하고 싶게 만든다.

그때 뒤에서 주먹을 쥐고 서 있던 지영이 앞으로 걸어 나온다.

쾅쾅쾅.

순식간에 벌어진 일이다. 누군가 말릴 새도 없이 지영이 현관문을 부술 듯 세차게 두드린다. 지영 역시 은재가 무엇을 두려워하는지, 어째서 도망쳐 나오지 않는 건지 모르지만 상관없다. 지영은 은재의 시선이 자신에게 닿았다는 걸 알고 있고 그거면 충분하다고 생각한다. 지영은 은재 없이 한 발짝도 물러나지 않을 생각이다.

"문 열어. 김은재!"

다시 쾅쾅쾅.

시끄러운 소리는 지옥뿐만 아니라, 지옥을 지키던 괴물의 귀에까지 들어간다. 방문 밖에서 들려오는 비틀거리는 아빠의 걸음 소리에 은재는 입을 틀어막고 만다.

"뭐야?"

현관문이 열리고 지독한 술 냄새와 함께 악마 같은 눈을 한 남자의 얼굴이 불쑥 튀어나왔을 때, 우영은 누군가가 가슴을 쥐어짜는 것 같은 느낌을 받는다. 마치 처음으로 공포와 마주한 사람처럼 목이 졸려 숨을 쉬는 것조차 버겁게 느껴진다. 당장이라도 도망가고 싶어지지만 퉁퉁 부어 있던 은재의 얼굴이 눈앞에서 지워지지 않는다. 감히 은재의 두려움을 짐작했던 자신이 바보같이 느껴진다.

반장의 시선이 우영의 손에 닿는다. 우영의 손이 덜덜 떨리고 있다. 반장은 우영의 소맷부리를 꼭 쥔다. 우영과 반장의 시선이 서로 맞닿는다. 눈길 하나로 둘은 용기를 얻는다.

괴물의 눈에 당황한 아이들의 얼굴이 들어온다. 애

써 참고 있지만 아이들의 눈은 공포로 가득 차 있다. 괴물이 그 사실을 모를 리 없다.

"은재 좀 만나게 해 주세요."

지영의 말에 괴물의 입꼬리가 비틀리며 말려 올라간다. 괴물은 먹잇감을 고르기라도 하는 것처럼 겁에 질린 아이들을 하나, 하나 살펴본다. 그러다 멀찍이 떨어진 집에서 누군가 현관문을 열고 이쪽을 바라보고 있다는 사실을 깨닫고는 얼굴을 구긴다.

괴물은 자신의 딸을 괴롭히는 일과 다른 아이들을 건드리는 일의 결과가 하늘과 땅 차이라는 걸 안다. 비겁한 이들이 그러하듯 괴물 역시 일을 시끄럽게 만들 생각이 없다.

"은재 없다."

그렇게 현관문을 닫으려 하는 순간, 아이들은 누가 먼저라 할 것도 없이 현관문을 붙든다. 이 문이 닫히면 영영 은재를 못 볼 것 같은 두려움이 들어서다.

"은재 여기 있는 거 알고 있는데요."

반장의 당돌한 말에 괴물의 얼굴은 순식간에 일그러진다.

"이 새끼들이. 없다면 없는 줄 알 것이지!"

걸걸한 목소리가 신경질적으로 번지자 쾅쾅, 안쪽에서 은재가 방문을 두드린다.

"아빠 제발요, 제발 하지 마세요. 제가 잘못했어요. 얌전히 있을게요. 시키는 대로 다 할게요. 그러니까 제발 제 친구들 그냥 보내 주세요. 제발요."

그 소리에 그제야 아이들은 은재가 방에 갇혀 있음을 깨닫는다.

"은재 안에 있잖아요. 은재 만나게 해 주세요."

괴물은 이성의 끈이 툭, 끊겨 버린다. 감히 내 말에 토를 달아? 괴물의 동공은 확장되고 이마에선 시퍼런 핏줄이 툭 불거져 나온다. 괴물의 머릿속은 이 새끼들을 가만히 둘 수 없다고, 단단히 혼을 내 주고 두 번 다시 여길 찾아오지 못하게 만들어야 한다는 생각으로 가득 찬다. 괴물은 주변을 두리번거리다 주방 근처에서 한때는 의자였던 나무 막대를 발견한다.

쿵. 쿵. 쿵.

비틀거리는 발걸음으로 안으로 들어가 나무 막대를 잡아 든 괴물은 더러운 이를 드러내며 현관으로 향한다.

"아빠 제발요. 제발……."

괴물은 녀석들의 버릇을 단단히 고쳐 줄 생각이다. 그다음은 볼썽사납게 울먹이는 딸의 입을 틀어막을 것이다. 두 번 다시 내 앞에서 목소리를 높이지 못하도록, 영원히 두려움에 떨도록.

쿵. 쿵. 쿵.

그렇게 비틀린 웃음을 지으며 현관에 당도한 괴물의 눈동자에 겁에 질린 아이들 대신 익숙한 남자의 얼굴이 비친다.

"우리 애들한테 손 하나 까딱해 봐. 내가 가만히 있나."

24

최 감독의 눈에 술에 취한 남자와 그 남자의 손에
들린 막대기가 들어온다. 조금만 늦었다면 무슨 일이
벌어졌을지 알 수 없다는 사실을 깨닫자, 최 감독의
등골에 식은땀이 쭉 흘러내린다.

"뭐, 뭐야."

은재의 아빠는 당황한 듯 말을 더듬는다. 한쪽은
문을 열기 위해 잡아당기고, 다른 한쪽은 닫기 위해
잡아당기지만 힘의 균형이 맞을 리 없다. 은재 아빠
는 힘도 제대로 써 보지 못하고 현관문은 보란 듯이
열린다. 평생을 자기보다 약한 아이와 여자만 때리며
비열하게 살아온 은재 아빠에게는 어쩌지 못할 만큼

당황스러운 일이다.

"씨발, 선생이란 놈이 남의 집에 이렇게 함부로 쳐 들어와도 되는 거야? 어?"

막대기를 휘두르려는 은재 아빠의 손목을 최 감독 이 비틀어 뒤로 돌려세운다. 고작 입구에 들어섰을 뿐인데도 최 감독은 쉽게 말을 잇지 못한다. 집 안은 그야말로 아수라장 그 자체다. 제자리에 있는 건 아 무것도 없다. 바닥에는 술병들이 나뒹굴고 벽 곳곳에 는 마치 태풍이 휩쓸고 지나가기라도 한 것처럼 짙은 흉터들이 나 있다. 모두 은재 아빠가 물건을 던지고 깨부수는 동안 벽에 남은 흔적이다.

"은재야!"

지영이 먼저 달려 들어가자 아이들 모두 그 뒤를 따른다. 은재가 갇혀 있는 방문에는 녹슨 자물쇠 경 첩 위로 정체를 알 수 없는 쇠막대가 걸려 있다. 지긋 지긋한 쇠막대가 던져지고 문이 열렸을 때, 어둠 속 으로 환한 빛이 들이쳤을 때, 은재는 빛이 두려워 눈 을 감는다.

두 눈을 감았는데도 은재의 눈에서는 눈물이 끝 없이 흐른다. 형수의 얼굴은 분노로 일그러지고 우영은 자리에 주저앉고 만다. 반장은 입술을 깨물고 지영은 주먹을 쥔다. 그 모습에 은재 아빠는 비틀린 웃음을 짓는다.

"내 딸이야, 내 거라고. 너희가 데려갈 수 있을 것 같아?"

나는 그 순간, 인생을 이따위로 만든 망할 그 작자도 분노했으리라 생각한다. 자신이 얼마나 은재의 삶을 망쳐 놨는지, 얼마나 심각하게 꼬아 놓았는지 깨달았으리라고.

단단히 묶인 삶의 사슬이 하나둘 벗겨지는 동안, 환한 빛이 은재의 몸을 휘감는 동안에도 은재는 고개를 숙이고 있다.

"같이 가자."

반장이 힘겹게 입술을 뗀다. 하지만 은재는 몸을 웅크린 채 고개를 젓고 또 젓는다. 은재가 수치스러움을 느꼈을까? 이런 모습을 다른 아이들에게 들켜서 부끄러웠을까?

아니다. 은재는 두려움을 느끼고 있다. 아이들에게 피해가 될까 봐. 저 문을 나가는 순간부터 아무 죄도 없는 친구들에게까지 지옥이 펼쳐질까 봐.

"은재야……."

은재가 눈물로 얼룩진 얼굴을 무릎 사이로 파묻었을 때, 아이들은 세상이 휘청 흔들림을 느낀다.

나는 안다. 인생은 뭔가가 잘못됐다는 걸 깨달은 순간에도 아무것도 하지 않는다는 걸.

인생이 당신을 구해 줄 거라고? 개소리 말라지. 인생은 아무것도 하지 않는다. 당신의 인생은 당신이 구해야만 한다.

"김은재. 일어나. 축구하러 안 갈 거야?"

지영이 빨개진 눈으로 은재의 이름을 부른다. 지영의 목소리에 은재가 조심스럽게 고개를 든다. 삶을 지키기 위해, 빼앗기지 않기 위해 매일 밤 찾던 운동장이 은재의 머릿속에 선명히 그려진다.

"너 없으면 우리도 축구 못 해."

인생은 불공평하지만, 불공평한 인생에 손을 내밀어 주는 건 언제나 다시 인간들이다.

•

"너희 누구 마음대로 그런 짓을 벌여?"

단단히 화가 난 최 감독이 소리친다. 은재네 집까

219

지 달려오는 동안 최 감독의 머릿속은 수백 개의 나쁜 생각들과 수천 개의 소원들로 가득 찼다. 제발 아이들에게 아무 일 없게 해 달라고. 나는 수천 개의 똑같은 소원을 듣고, 듣고, 또 들었다.

"얼마나 위험했는 줄 알아?"

아이들은 최 감독이 왜 화가 났는지 잘 알고 있다. 그렇기에 모두 말이 없다. 지영이 먼저 말을 꺼내기 전까지는.

"은재는 거기 늘 있어야 하잖아요."

"뭐?"

"우리가 찾아가기만 해도 위험한 거기에 은재는 맨날 있어야 하잖아요."

지영은 애써 눈물을 참는 중이다. 어린 시절 친구를 지키지 못했다는 죄책감과 이번에도 그랬을지도 모른다는 두려움이 만들어 낸 눈물이다.

"그럼 나한테 얘기했어야지. 전화 한 통 하는 게 뭐가 어려워서……"

하지만 지영의 다음 말에 최 감독은 차마 말을 잇지 못한다.

"감독님도…… 알고 계셨잖아요."

220

다 알고 있었잖아요. 은재가 아픈 거, 혼자인 거, 무서워하는 거.

지영의 물음은 너무 깊어서 최 감독의 목구멍을 콱 막고 놓아주지 않는다.

25

하루하루가 늘 막막했지만 이번은 더 그렇다. 지영의 손을 잡고 집을 나온 날, 은재는 절대로 누구의 신세도 지지 않으려고 했다. 최 감독의 집으로 가는 것도, 경찰서로 가는 것도, 시설에 들어가는 것도 모두다 거부했다. 대신 은재는 축구부 컨테이너에 머물기로 했다. 쿰쿰한 곰팡이 냄새가 나고, 제대로 누울 공간도 없이 푹 꺼진 오래된 소파에 몸을 기대야 했지만 그곳이 좋았다.

동그란 축구공도 있고, 언제든 친구들이 은재의 이름을 부르며 뛰어오는 공간이니까. 이곳이라면 안심이었다. 두렵지도, 아프지도 않았다.

"뭐야?"

"뭐가."

홀로 오래된 소파에 몸을 기대던 그날 밤 은재는 외롭지 않았다. 진아가 이불을 들고 들어와 바닥에 누웠기 때문이다. 은재는 그런 진아를 빤히 바라보았고 진아는 대수롭지 않다는 듯 굴었다.

"나도 집에 들어가는 거 싫어해."

진아가 한 말은 그게 전부였다. 은재 역시, 왜 집에 들어가는 게 싫으냐고 진아에게 묻지 않았다.

진아는 자주 감정을 표현하진 않지만 자신이 옳다고 생각한 일에는 앞뒤 가리지 않고 뛰어드는 아이다. 친구의 일에 막무가내로 뛰어들어 주는 친구는 평생 한 번 찾기 힘든 일이고, 이제 은재에게는 그런 친구가 막 생긴 참이다.

"나도 밑에서 자도 돼?"

"그러든지."

진아는 은재 몫의 자리를 내어 주고 불을 껐다. 마치 늘 그래 왔던 것처럼, 아주 오래된 친구인 것처럼.

그날 밤 은재는 단 한 번도 악몽을 꾸지 않고 처음으로 깊은 잠에 빠졌다.

나는 밤새 두 소녀의 어깨를 따뜻하게 감싸 안았다. 처음으로 인생이 은재를 위해 뭔가를 하기 시작한 밤이었으므로.

•

은재는 언제까지 컨테이너에 머물 수 없다는 걸 알고 있다. 하지만 은재의 발걸음은 예전처럼 머뭇거리지 않는다. 쓸데없이 동네를 빙빙 돌지도, 하염없이 땅만 바라보지도 않는다.

학교가 끝난 후 갈 곳이 있다는 건 은재에게 세상 전부가 바뀐 거나 다름없는 일이다. 자신을 반겨 줄 사람이 있다는 건 말로 표현하기 힘들 만큼 기쁜 일이다. 그래서 은재의 발걸음은 더욱 힘차다.

그런 은재의 모습을 반장이 가만히 바라본다. 무뚝뚝하기만 한 반장의 얼굴에 미소가 번진다. 반장은 요즘 은재가 삶을 부여잡고 있다는 걸 알고 있다.

"지금 이거 미행하는 거야?"

"미행은 무슨."

반장의 말에 형수는 툴툴거리며 대답하지만, 누가 봐도 미행이나 그 비슷한 걸로 보이는 게 사실이다.

은재는 저만치 혼자 앞서 걸어가고 그 뒤를 형수와 우영 그리고 반장이 뒤쫓고 있는 셈이니까.

"근데 왜 이러고 가? 우리 같이 축구부 구경 가는 거 아니었어?"

반장의 물음에 형수와 우영은 서로를 바라보고 그저 어깨를 으쓱거린다. 은재가 걱정되지만 그렇다고 은재와 함께 나란히 걸을 만큼 친한지는 잘 모르겠기 때문이다. 반장은 두 녀석을 못마땅한 얼굴로 바라보고는 고개를 절레절레 흔든다.

"김은재! 같이 가."

앞서가던 은재가 걸음을 멈추고 반장을 기다린다. 반장은 빠른 걸음으로 은재 곁에 서고, 그 모습을 본 두 녀석은 머리를 긁적인다. 친구와 어깨를 나란히 하고 걷는 일이 은재에게는 꿈만 같은 일이라는 걸 녀석들은 알지 못할 거다. 은재가 간절히 원하고 바랐던 평범한 일상이라는 것도.

나는 녀석들을 위해 시원한 바람을 불어 넣는다. 덕분에 파란 잎사귀들이 촤르르 소리를 내며 녀석들을 반긴다. 녀석들의 하루에 이런 작은 행복감이 계속되길 바라고 또 바라지만, 늘 그렇듯 인생은 뜻대로 되지 않는다.

　"……."

　은재는 지금 눈앞에 펼쳐진 장면을 믿을 수가 없다. 축구부는 엉망이 되어 있다. 축구부를 구경하러 온 형수와 우영 그리고 반장은 차마 아무 말도 하지 못한다.

　소파가 폭삭 내려앉은 채 뒤틀려져 있었다. 다 같이 끓여 먹던 라면 냄비는 널브러졌고, 똑바로 서 있어야 할 정수기는 엎어져 바닥에 물이 흥건했다.

　"미친 거 아니야? 이거 누가 그런 거야?"

　"아, 몰라. 빨리 정리하기나 해."

　다른 부원들은 정리하기 바쁘지만 은재는 그곳으로 한 걸음도 들어갈 수 없다. 누가 이렇게 만들었는지 뻔하니까. 은재는 주먹을 쥐고 숨을 내쉰다. 주먹이 바들바들 떨려 오고 앙다문 입술은 말이 없다.

　은재가 나를 부르고 있다.

　아빠의 지독한 폭력 앞에서도, 자신을 지켜 주던 유일한 사람이었던 엄마가 사라졌을 때에도 날 부르지 않던 아이였다. 어둠 속에 홀로 갇혀 있던 끔찍한 밤에도, 지독한 외로움에 가슴이 너덜너덜해질 때에도 혼자 묵묵히 견디던 아이였다.

그런 아이가 나를 부른다. 나는 가여운 소녀의 손을 잡는다. 은재의 발걸음이 빠르게 움직인다.

"은재야, 어디 가? 김은재!"

뒤에서 반장이 부르지만 은재 귀에는 아무것도 들리지 않는다. 망설이지 않고 달리기만 할 뿐이다.

은재는 아빠를 찾아갈까? 평생 배워 온 그대로 아빠에게도 똑같이 고통을 느끼게 해 주려는 걸까. 그러기 위해 나를 부른 걸까.

나는 당연히 그래야 한다고 생각한다. 지난 수많은 시간 동안 혼자 아파하고 혼자 견뎌 왔으니까. 그래. 어서 달려! 있는 힘껏 달려가. 더는 널 괴롭히지 못하게 네가 아프고 힘들었던 것만큼 똑같이 아프게 만들어 쥐 버려.

하지만 은재는 나처럼 어리석지 않다. 아빠를 찾아가는 바보 같은 짓은 하지 않는다. 대신 은재는 경찰서로 향한다.

"무슨 일이야?"

여학생이 숨을 헐떡이며 경찰서로 들어오자 경찰들

은 걱정 가득한 얼굴로 은재를 바라본다.

"학생, 천천히 말해 봐. 뭐라고?"

"아빠한테…… 학대를 당해요."

은재의 말에 경찰은 지친다는 듯한 표정으로 차분하게 말을 잇는다.

"학생이 무슨 잘못을 한 건 아니고?"

경찰의 말에 은재는 그저 가만히 서 있다.

무슨 잘못을 했느냐고?

그 바보 같은 질문은 은재를 다시 두렵게 만든다. 딸이 물건을 훔쳐서 혼 좀 냈습니다. 딸이 버릇이 없어서요. 아빠의 핑계 몇 마디에 다시 돌아가곤 했던 경찰들이 떠오른다. 그리고 영원히 도망갈 수 없다던 아빠의 목소리가 떠오른다.

'경찰도 다 소용없어.'

'어디 한번 도망가 봐. 내가 무슨 수를 써서라도 찾아서 뒈지게 만들 테니까.'

은재는 얼어붙는다. 보이지 않는 쇠사슬에 목이 조인 사람처럼 아무것도 할 수 없다.

나는 분노하고 소리친다. 은재가 스스로 경찰을 찾아온 게 무슨 의미인지 이들은 알지 못한다. 은재가 무슨 생각으로, 어떤 용기로 여기를 다시 찾았는지 눈곱만큼도 관심이 없지. 망할 인간들!

"학생. 부모님이 혼 좀 냈다고 해서 그게 다 학대가 되는 건 아니야."

은재는 그동안 이런 순간을 수십 번 겪었다. 골치 아픈 일들을 해결하는 대신 땅에 파묻어 버리는 게 편하다는 듯, 은재의 일을 모른 척하던 사람들.

그럴 때마다 은재는 포기하고 몸을 웅크렸다. 또다시 몸을 움츠리고 아빠의 폭력을 기다려야 했다. 아무도 은재 편을 들어 주지 않을 게 뻔하니까. 아무도 은재의 말을 믿어 주지 않을 게 뻔하니까.

나는 눈을 질끈 감고 한숨을 내쉰다. 이제 은재는 뒤돌아 터덜터덜 아무것도 남지 않은 몸을 이끌고 밖으로 나갈 것이다. 은재는 좌절할 것이고 절망으로 가득 찰 것이다. 소녀는 다시 야금야금 조금씩 죽어 갈 것이다. 늘 그랬듯이.

뒤돌아서던 은재의 눈에 자신의 뒤를 따라온 아이들의 얼굴이 비친다. 아이들은 걱정 가득한 눈으로 은재만을 바라보고 있다. 은재의 작은 주먹에 힘이 들어간다.

그 순간 나는 놀라 아무것도 하지 못한다.

은재는 밖으로 걸어 나가는 대신 아무 말 없이 언제나 몸을 가리고 있던 검은 카디건을 벗는다. 어쩌면, 어쩌면 이번만큼은 다를지도 모른다는 생각을 한 걸까. 자신의 말을 들어 주고 믿어 줄 이들이 있다는 걸 아는 사람들이 그러하듯 은재도 용기를 얻은 걸까.

아니다. 내가 틀렸다.

은재는 용기가 나서가 아니라, 자신을 지켜 주려 지옥 구덩이 속에 손을 내밀던 친구들을 위해서, 저 아이들을 지키기 위해서 더는 지옥 절벽에 매달려 있지 않을 작정이다.

소녀의 팔뚝은 시퍼런 피멍으로 가득 차 있다. 멍을 본 두 경찰이 서로의 얼굴을 바라본다. 둘은 아무 말도 하지 못하고 입을 떡 벌리고 만다. 열다섯 살의 몸에 있어서는 안 되는 멍이라는 걸 알고 있다는 듯이.

"이, 이게 다……."

경찰은 이제야 상황의 심각성을 깨닫고 말을 다 잇지 못한다. 경찰의 얼굴은 붉어지고 잠시 동안 말이 없다. 그래. 지금 경찰은 부끄러움을 느끼고 있다. 죽어 가는 아이를 모른 척했다는 부끄러움이자 용기를 낸 아이를 무시했던 것에 대한 부끄러움이다.

그리고 나는 은재의 다음 말에 무너지고 만다.

"도와……주세요."

평생 두려움에 떨던 아이가, 죽어 가기만 하던 아이가 처음으로 살기 위해 입을 연다. 두 손을 내밀고 삶을 잡으려 하고 있다. 살아가려 하고 있다.

경찰의 입에서 탄식이 새어 나온다. 어떤 말부터 해야 할지 몰라 입이 바싹 말라 온다.

"여기 잠깐 앉을 수 있겠어?"

경찰이 의자를 내어 주기 위해 은재 곁으로 다가온다. 경찰은 은재의 어깨 위로 손을 올리는 것마저 조심스럽다. 은재는 작은 손길에도 바스러질 것처럼 위태로워 보인다.

앞으로 경찰은 은재와 비슷한 또래의 아이만 봐도 가슴이 철렁 내려앉을 것이다. 도와 달라던 오늘의 은재의 목소리를 영원히 잊지 못할 것이고 오늘 자신이 어떤 실수를 할 뻔했는지 잊지 못할 것이다. 그리고 두 경찰은 자신이 놓칠 뻔한 아이의 인생을 두 번 다시 놓치지 않기 위해 은재 곁에 머물러 줄 것이다.

"연락해서 여경 올 수 있나 물어봐."

이제 곧 여경이 달려올 터였고, 은재의 몸 곳곳에 쌓인 지독한 흉터를 보게 될 것이다. 병원을 찾을 것이고 지난 수년간 부러져 제멋대로 붙은 뼈를 발견할 것이며, 도무지 이해할 수 없는 화상 흉터를 발견하게 될 것이다. 멍든 곳이 다시 또 멍들어 노랗게 말라붙은 피부를 발견할 것이고 피가 고여 있는 피멍을 찾아낼 것이다. 그렇게 온몸이 상처투성이인 채 묵묵히 살아가던 소녀를 찾아낼 것이다.

경찰은 수년간 계속되어 온 학대의 흔적을 끝도 없이 발견하고 또 발견할 것이다. 소식을 들은 최 감독이 병원으로 뛰어왔을 때, 은재는 그때서야 자신이 안전하다는 사실을 깨닫고 눈물을 흘릴 것이다.

소녀는 그렇게 더는 죽지 않고 살아가기로, 진짜 삶을 살아가기로 마음먹을 것이다.

그리고 나는 진짜 삶을 살아가기로 한 소녀의 삶에 구원이 되어 줄 것이다.

26

"더워 죽겠는데 꼭 이걸 봐야 되냐고."

형수가 투덜대며 손부채질을 한다. 아빠의 반협박으로 이렇게 좋은 봄날에, 지루하기만 한 축구 경기를 보러 왔으니 그럴 만도 하다. 쳇. 이 시간에 게임이나 한 판 하면 좋겠네, 싶은 형수다.

"재미있겠는데 뭐."

반장의 말에 우영이 히죽 웃으며 연신 고개를 끄덕인다. 덕분에 형수의 입은 못마땅한 듯 삐죽인다. 이 좋은 봄날에 게임도 못 하고 불려 나와 축구를 보는 것만 해도 짜증 나는데 반장과 우영이 붙어 있는 모습을 보자니 더 짜증이 솟구치는 것 같다.

분명 우영만 불렀는데 반장까지 같이 나왔다. 덕분에 반장이 꼽사리처럼 낀 게 아니라 형수가 데이트를 방해하는 꼴이 됐다.

"흐음."

불편한 헛기침을 내보이지만, 그러든지 말든지 우영과 반장은 서로를 바라보며 싱긋 웃는다. 그 웃음 한 번에 둘은 햇살처럼 찬란하게 빛난다.

그날 이후 1년이라는 시간이 흘렀다. 이후 참 많은 것이 변했고, 동시에 아무것도 변하지 않았다.

우영은 제법 단단해졌다. 여전히 엄마의 매서운 말들이 우영을 흔들 때도 있지만, 나는 안다. 여린 잎 같던 우영이 형수와 반장이라는 튼튼한 가지 위에 자리 잡고 있다는 것을. 녀석들이 흔들릴지언정 절대 부러지지 않을 거라는 것을.

하지만 아직 그 사실을 알지 못하는 형수는 축구 경기를 앞두고 몸을 푸는 아이들을 보며 심란하기만 하다. 저 아이들은 꿈을 위해 저렇게 뛰고 있는데, 나는 뭘 하고 있는 건지, 여전히 막막하기만 하다.

"나는 내가 뭐가 되어야 하는 건지 모르겠어. 나도 쓸모 있는 사람이 되기나 할까?"

형수는 자신도 모르게 한숨을 내쉰다. 대체 인생이라는 건 얼마나 긴 걸까, 이제 열여섯이 된 소년은 짐작도 되지 않는다.

"봐. 우리가 백 살까지 산다고 치자. 근데 지금 우리가 열여섯이잖아. 아직 84년이나 더 살아야 된다고. 끔찍하다 진짜."

우영도 괜히 심란해진다. 어린 소년들은 시간이 흐른 어느 날 깨달을 것이다. 인생이 그저 바람 한번 불다 지나간 것처럼 짧은 거라는 걸.

우영과 형수는 여전히 자신이 뭘 잘하는지 알 수 없다. 도무지 쓸모없어 보이는 인간인데 뭘 어쩌라는 건지 답답하기까지 하다. 그때 반장이 아주 쉬운 문제의 정답을 알려 주는 사람처럼 무심하게 답한다.

"누군가를 웃게 만들었으면 그걸로 충분히 쓸모 있는 사람이 된 거 아냐?"

형수가 반장을 바라보고, 반장은 고갯짓으로 한쪽을 가리킨다. 은재가 경기를 준비하며 몸을 풀고 있다. 내리쬐는 햇볕에 은재의 미소가 반짝인다.

누군가에게 한 사람의 인생을 바꾸는 일을 하라고 한다면 그렇게 힘든 일을 어떻게 하느냐고 대답할 것이다. 어떤 이는 감히 엄두도 내지 못할 거고, 어떤 이는 내 인생도 힘든데 어떻게 다른 사람의 인생을 바꾸느냐고 물을 것이다. 다른 사람의 인생을 바꾸는 일이 그저 관심을 가져 주는 것이라고 하면 아무도 믿지 않을 거다. 고개를 젓고 헛소리 말라며 코웃음을 칠지도 모른다.

하지만 그토록 간단한 것이 인생의 비밀이다.

관심을 가질 것. 너무 쉬워서 아무도 믿지 못하겠지만, 그래서 대부분이 그렇게 하지 않겠지만.

나는 여전히 이 녀석들이 좋다. 스스로가 별 볼 일 없다는 걸 인정하는 순간부터 이 녀석들은 뭐든 할 수 있는 녀석들이 된 거니까.

이 녀석들이 자신들이 뭐든 할 수 있는 사람이라는 걸 언제쯤 깨닫게 될지 모르지만, 결국엔 시간이 녀석들에게 진실을 알려 줄 거다.

이 바보야. 몰랐냐? 너희는 다 할 수 있다니까.

그때가 되면 두 녀석은 내가 제일 좋아하는 표정을 지으며 껄껄 웃고 실없는 장난을 칠 거다.

그리고 뭐든지 해낼 것이다.

나는 녀석들의 어깨를 끌어안으며 작게 속삭인다.

지금 행운이 다가오는 중이라고. 그러니 조금만 더 기다려 보라고.

나는 이 책을 따뜻하고도 서늘했던 봄에 시작했다. 작은 아이에게 가해진 끔찍한 학대 뉴스가 흘러나오던 날 나는 배 속에 아기를 품고 있었다. 섬뜩했고 두려웠다. 예전처럼 그렇게 분노의 한숨 한 번, 안타까움의 한숨 한 번으로 지나칠 수는 없었다. 글을 써야 했다.

나는 당신이 이 책 속에 나오는 인물 중 누구와 가장 닮았는지 모른다. 때문에 조심스럽고 생각이 많아진다. 당신은 형수일 수도 있고, 은재일 수도 있으며, 우영일지도 모르지만 어쩌면 은재의 일에 서둘러 창문을 닫던 이웃집 사람일지도 모른다.

누군가는 내게 이 이야기가 판타지라고 했다. 인물들을 곁에서 지켜보는 행운이라는 존재 때문이 아니라, 결말 때문에 판타지라고. 그 이야기를 듣는 순간 알 수 없는 것이 내 가슴에 맺혔다. 그것은 슬픔이었고 안타까움이었으며, 두려움이면서 동시에 분노였다. 여전히 그것은 내 가슴 어딘가에 맺혀 있다.

이 글을 읽고 당신이 무엇을 할 수 있을지, 아주 잠깐이라도 생각하게 됐다면 더는 바랄 것이 없다. 물론 당신이 무엇을 할 수 있을지는 나도 모른다. 어쩌면 당신의 눈길 한 번, 마음 한 번이 누군가의 삶에 구원이 될지도 모르겠다.

나는 수많은 은재와 우영이의 삶에 아직 오지 않은 행운들이 가득 남아 있으리라 믿는다. 자신의 삶을 꼭 부여잡고 놓지 않은 많은 이들의 삶 역시 그럴 것이다. 행운은 그들에게 꼭 필요한 순간, 삶을 바꿔줄 더 확실한 순간에 그들 곁에 있어 줄 거다. 그때가 되면 고개를 들어 곁에 있는 행운과 눈을 마주치기를, 그리고 마음껏 웃기를 바란다.

이꽃님

이꽃님

『세계를 건너 너에게 갈게』로 제8회 문학동네 청소년문학상 대상을 받았다. 지은 책으로
는 청소년 소설 『이름을 훔친 소년』 『죽이고 싶은 아이』 『당연하게도 나는 너를』 『여름을
한 입 베어 물었더니』 『소녀를 위한 페미니즘』(공저) 『B612의 샘』(공저), 동화 『악당이 사는
집』 『귀신 고민 해결사』가 있다.

양장본

행운이 너에게 다가오는 중

ⓒ 이꽃님 2020

1판 1쇄 2020년 11월 20일 | 1판 7쇄 2023년 12월 5일
지은이 이꽃님 | 표지그림 우연식
책임편집 곽수빈 | 편집 엄희정 원선화 이복희 | 디자인 이은하
마케팅 정민호 서지화 한민아 이민경 안남영 왕지경 황승현 김혜원 김하연 김예진
브랜딩 함유지 함근아 고보미 박민재 김희숙 박다솔 조다현 정승민 배진성
저작권 박지영 형소진 최은진 서연주 오서영 | 제작 강신은 김동욱 이순호 | 제작처 영신사
펴낸곳 (주)문학동네 | 펴낸이 김소영 | 출판등록 1993년 10월 22일 제2003-000045호
주소 10881 경기도 파주시 회동길 210 | 전자우편 kids@munhak.com
홈페이지 www.munhak.com | 카페 cafe.naver.com/mhdn
북클럽 bookclubmunhak.com | 트위터 @kidsmunhak | 인스타그램 @kidsmunhak
대표전화 (031)955-8888 | 팩스 (031)955-8855
문의전화 (031)955-3576(마케팅) (02)3144-3242(편집)
ISBN 978-89-546-7545-1 03810

• 잘못된 책은 구입하신 서점에서 교환해 드립니다. 기타 교환 문의: 031) 955-2661, 3580
• 이 도서는 한국출판문화산업진흥원의 '2020년 우수출판콘텐츠 제작 지원' 사업 선정작입니다